Der Tod ist das einzig Beständige im Vergänglichen

Buch

Ein düsterer Friedhof, darauf zwei unheimliche Antagonisten: der Totengräber und der Totenheber. Es erfolgt die gespenstische Öffnung eines Grabes und die Exhumierung der Magda Fietich, von der noch vieles nicht gestorben war. Dann die mystische Wandlung während eines außergewöhnlichen Rituals und ein in die Katastrophe führendes Resonanzsystem aus Schuld, Angst und dem rastlosen Bösen - denn mit Magda Fietich wird nicht nur ein Leichnam aus dem Grab gehoben, sondern mit ihm auch die konturlosen Dämonen aus dem Bodensatz eines verzweifelten Lebens. Die Exhumierung der Magda Fietich mag auf den ersten Blick als fantastische Fabel daherkommen, doch bei genauerem Hinsehen wird mit dem Grab nicht nur der Zugang zu einem verwesten Leichnam, sondern auch zum verschütteten Seeleben der Protagonisten eröffnet.

Die Erzählung gliedert sich in drei Teile. Im kurzen Intermezzo **Das Gespenst** wirkt nicht nur das vergangene Ritual fort, sondern auch die unheilvolle Energie des mittlerweile riesig gewordenen Friedhofs, der zu einem gespenstischen Eigenleben erwacht ist. **Magdas Martyrium** versetzt die mystische Geschichte in die Gegenwart der Hansestadt Lübeck, in der sich das Grauen vergangener Jahrhunderte beinahe nahtlos im Alltag einer durchschnittlichen Familie im schönen Stadtteil Sankt Jürgen fortsetzt.

Frank Spatzier

Die Exhumierung der Magda Fietich

Erzählung in drei Teilen

Bibliografische Information der Deutschen
Nationalbibliothek: Die Deutsche Nationalbibliothek
verzeichnet diese Publikation in der Deutschen
Nationalbibliografie; detaillierte bibliografische Daten sind
im Internet über http://dnb.dnb.de abrufbar.

Titelfoto, Umschlaggestaltung, Illustrationen:

Frank Spatzier

ISBN: 978-3-7578-0639-2

Herstellung und Verlag: BoD - Books on Demand,
Norderstedt

Inhalt:

Die Exhumierung der Magda Fietich, S. 7 - 78

Das Gespenst, S. 79 - 81

Magdas Martyrium, S. 83 - 122

Der Autor, S. 123

Die Exhumierung der Magda Fietich

Ein grauer Novembervormittag. Nieselregen und fallendes Laub von den Buchen und Eichen, die den Friedhof säumten. Warum nur hatte man früher keine Nadelhölzer gepflanzt, als die höchstamtliche und höchstpriesterliche Entscheidung gefallen war, ausgerechnet dieses erwiesenermaßen ausgesprochen fruchtbare Stückchen Land zum Totenacker zu erklären? Ein kühler Wind blies feindselig um die Grabsteine, wirbelte die graugelben Blätter umher, wälzte sie um, wirbelte sie auf, drückte sie durch allerlei unbekannte Öffnungen hinein in die heilige Friedhofskapelle, vielleicht sogar hinein in die mit blanken Särgen gefüllten Gruften, in denen sich frisch gestorbene Leichname in aller Behutsamkeit ihrem Verfall hingaben. Seit eh und je zieht besonders der Herbst das Sterbende und das Gestorbene an.

Das unablässige Rauschen des Windes und das leise Sirren des Nieselregens war alles, was ein menschliches Ohr zu hören vermochte, vielleicht noch das weit entfernte Gekreische heiserer Raben, Krähen, Aastauben, Geisterfinken, Sumpfgurken und anderer Totengreife. Es war kalt, kaum ein paar Grade über Null. Von der Sonne seit Tagen keine Spur, nur dicke, dunkle, hässliche Wolken, eisiger Wind und eine bis ins tiefste Knochenmark sickernde Nässe. Zwischen den hinter Glaskolben tänzelnden Grablichtern klebte der ein oder andere Nebelfetzen. Ein Wetter zum Sterben, Totbleiben oder Bestorben werden.

Vom rostigen Friedhofstor ziemlich weit entfernt, den Hauptweg hinunter und dann gleich rechts hinein, hinten bei den zittrigen Fichten, bibberten die Antagonisten in ihren langen Lodenmänteln mit den hochgestellten Krägen, die Filzhüte tief in ihre Stirne gezogen. Von Weitem gesehen, muteten sie kaum menschlich an, sahen aus wie schwankende Kegel oder konturenlose Spielfiguren, die zwar langsam, aber unaufhörlich hin und her pendelten, bodenwärts ohne erkennbaren Übergang Eins mit dem nassen Laub auf dem schmalen Kieselweg werdend. Außer diesen beiden hochgeschossenen Gestalten befand sich noch ein Häuflein kleinerer Menschenkegel und schließlich ein rundlicher Kasten mit grobgestaltigen Armaturen und ausladenden Greifarmen samt zangenförmiger Gebilde zu beiden Seiten auf dem Friedhof. Die Gestalten und der sonderbare Apparat hatten sich um ein Grab versammelt, das im Zentrum ihres Interesses zu stehen schien, denn sie alle hatten ihre Köpfe wie im stillen Gebet andächtig nach unten geneigt. Alle starrten sie auf die rechteckige Erdfläche, die an ihrem Kopfende von einer kleinen Platte aus Schiefer abgeschlossen wurde und ansonsten über keinerlei schmückendes Beiwerk verfügte. Lediglich ein kleines Grablicht mit einer munter tänzelnden Flamme hinter rötlichem Glas befand sich darauf. In der Nähe des Grabsteins lagen noch alte Säcke, ein Seil, einige Schaufeln und Kellen sowie eine rostende

Grabgabel. Auch ein mit Öl verschmutzter Kanister und eine messingbeschlagene Truhe aus Zedernolz oder Wildkirsche waren darunter. Alles deutete darauf hin, dass ein erhebliches Maß an Arbeit bevorstand, für die man alle erdenklichen Arten von Werkzeugen benötigen würde.

—

Der Totengräber blickte seinem Gegenüber tief in die Augen, oder jedenfalls in jene eingefallenen Gesichtshöhlen, in denen sich gemeinhin Augen vermuten ließen. Sein spitzer Filzhut hatte sich voll mit Wasser gesogen, das ihm über Stirn und Nase an die Oberlippe rann und das er mit langer Zunge von Zeit zu Zeit in den Mund zog. Trotz seines schweren Mantels fror er mehr als bitterlich, was er unter Aufbietung aller erdenklichen Mühe, Disziplin und Übung vor seinem Gegenüber zu verbergen versuchte. Denn sein Gegenüber war sein Antagonist. Es war der Totenheber.

Der Totenheber war von großer, schlanker Gestalt, blasshäutig, stellenweise aufgedunsen und bestimmt einen ganzen Kopf größer als der Totengräber, dessen erbärmliches Frieren ihm nicht verborgen blieb, so sehr schlotterten seine Glieder. Auch dem Totenheber war kalt, auch der Totenheber fror und bibberte bitterlich, doch er wußte seinen feingliedrigen Körper bis hinab in jede Faser zu beherrschen, denn er musste jederzeit Herr des Geschehens bleiben, es war sein Tag, seine Stunde, sein Moment, an dem er sein schauriges Werk zu vollbringen hatte.

Der Totenheber hielt seinen Kopf jetzt leicht geneigt, um zum Totengräber und den Beihilfen zu sehen, die eigens gekommen waren, der grauenhaften Tätigkeit beizuwohnen, die nur Männer von seinem Schlage auszuführen in der Lage waren und für die es Jahre, gar Jahrzehnte der Vorbereitung, der Exerzitien, der asketischen Kontemplation und der schier endlosen selbstkasteienden Übung bedurfte. Zuweilen ging das Gerücht um, dass, um Totenheber zu werden, der Anwärter seine Seele verpfänden oder gar im strengen Zölibat als ein irdischer Bruder des Auferstandenen leben müsse, zumindest aber vom höchsten Klerus auserwählt und mit dem Blute Christi geweiht zu sein habe, bevor er das so schreckliche wie ungemein bedeutungsvolle Amt auf Lebenszeit annehmen dürfe. Ihre Zahl jedenfalls war sehr klein. Totenheber gab es so selten, dass viele glaubten, es habe im Laufe der Geschichte immer nur einen einzigen gegeben.

Dieser eine Totenheber also blickte streng zum Totengräber, zog eine Hand aus der Manteltasche und machte eine sanfte Geste, indem er seine himmelwärts geöffnete rechte Hand nach vorn ausgestreckt, langsam einen sanften Bogen beschreibend, von rechts nach links schwenkte. Es war die uralte Geste, mit der er den Beginn seiner Arbeit anzeigte, die von diesem Moment an nicht mehr abgebrochen werden konnte und ihren Lauf zu nehmen hatte, egal welche Richtung dieser auch immer einnehmen würde. Die Anwesenden erschauderten. Ein leises, ehrerbietiges Raunen kroch durch die Menschenkegel und den Apparat. Der Totenheber richtete sich hoch auf und ging ans Werk.

—

Ein halbes Jahr zuvor hatte des Totengräbers große Stunde geschlagen. Es war im beginnenden Sommer, zu jener wunderschönen Zeit, als der Baldrian an den Flussauen nach und nach zu blühen begann und seinen betörenden Geruch bis an den Rand des Dorfes schickte. Dort hatte der Totengräber seine kleine Werkstatt ganz am Ende eines ungepflasterten Weges hinter zerbröckelnden Wohnhäusern, in denen vornehmlich jene armen Menschen zu leben pflegten, die in nicht allzu ferner Zukunft auf dem kalten Präparationstisch im Häuschen des unermüdlichen Handwerksmeisters liegen würden - zur Salbung, Einbalsamierung oder Ausweidung, zur allerletzten Waschung, Gesichtsölung oder Wunderheilung. Je näher sie an der Werkstatt wohnten, sogar je öfter sie an ihr vorbeiliefen, desto weniger Zeit blieb ihnen in der Regel, und desto leichter hatte es auch der

Totengräber anschließend mit seiner Arbeit. Das war allgemein bekannt.

Die Werkstatt des Totengräbers war sehr klein, nur zwei hölzerne Arbeitstische drängten sich zwischen Regalen, Schränken und Truhen, in denen sich dringend benötigtes Arbeitsmaterial und allerlei Werkzeuge stapelten: Mullbinden, Skalpelle, Scheren, Nasenhaken, Pechfässer, Nadeln, Füllmasse, Gasblasen, Klistiere, sowie allerlei Salben, Tinkturen, Pülverchen und glitzernde Kristalle, eine unüberschaubare Flut an Gegenständen, denen in all ihrer Verschiedenheit nur die eine düstere Tatsache gemeinsam war, mit Leichen in Berührung zu kommen, tief in Leichen einzudringen oder gar in ihnen verbleiben zu müssen. Durch eine trübe Fensterscheibe fiel an den seltenen guten Tagen ein bisschen Sonnenlicht, ansonsten bediente sich das stets sparsame Männlein zur Ausleuchtung seines engen Arbeitsbereiches lediglich rußender Pechkerzen, deren Flammen tänzelnde Schatten im eigenen Licht warfen.

In jenem frischen Juni also hatte der Totengräber schweigend vor seinem Präparationstisch gestanden und lange auf den nackten, wachsfarbenen Körper geblickt, der vor ihm lag. Es war der Leichnam einer älteren Frau mit fleckiger, rissiger, warziger Haut, teigigem Gesicht und winzigen Brüsten, die sich in keinem erwartbaren Verhältnis zu der ausladenden Breitbäuchigkeit oberhalb ihrer vernarbten Scham zu befinden schienen. Um den allgegenwärtigen süßlichbitteren Verwesungsgeruch aus der Luft zu vertreiben, hatte der Totengräber eine Handvoll grünlicher Weihrauchknollen auf eine glühende Kohlenscheibe in seinem Stövchen gelegt, bevor ihm ein Lächeln über seine Gesichtsfalten huschte, während sich der duftende Rauch immer dichter in der Werkstatt ausbreitete und den Leichnam von Magda Fietich in undurchdringliche Wolken hüllte. Eine ganze Nacht schließlich hatte der Totengräber in der Düsternis seiner verrauchten Werkstatt gearbeitet, oft schwebend zwischen Traum und Wachheit, zwischen Wirklichkeit und Visionen, dabei wie blind jenen Eingebungen folgend, die seine hohe Handwerkskunst regelmäßig in den Rang der erhabensten Perfektion zu versetzen vermochten.

Am nächsten Morgen war er erschöpft auf seine harte Liege getaumelt und ungewaschen aber stolz in einen sehr tiefen, traumlosen Schlaf gefallen. Im Nachbarzimmer, nur durch eine halb geöffnete Tür von seiner Schlafstätte getrennt, hatte der mit grauen Leintüchern umhüllte und zugenähte Leichnam die letzten Reste schleimiger Flüssigkeiten aus seinen Poren und Öffnungen ausgeschieden. Wie so häufig bei warmem Wetter, war auch das verwesende Fleisch dieses Leichnams von Gasen aus seinem Inneren sanft umher gestoßen worden. Der Totengräber hatte ganze Arbeit geleistet, den sehr schwer zu versorgenden Leichnam der Magda Fietich nach allen Regeln der hohen handwerklichen Kunst von innen und außen behandelt, viele bereits zu Lebzeiten im Faulen begriffene Hautfetzen entfernt, gegorenen Eiter aus Furunkeln, Abszessen und Karbunkeln abgelassen sowie die knapp zwei Quadratmeter der runzligen und bereits gelblich gefärbten Leichenhaut vom Drüsentalg befreit, gewaschen und anschließend gesalbt. Die Ruhe nach getaner Arbeit hatte er sich somit redlich verdient.

Doch allzu lange hatte sich der fleißige Mann nicht ausruhen dürfen, denn die angenehm warme Luft des Frühsommers hatte sich ungünstig auf die materielle Verfassung des leblosen Fleischklumpens ausgewirkt, dessen Zersetzung nicht zuletzt durch das Fehlen einer Kühleinrichtung rapide voranschritt. Denn trotz seiner hohen Handwerklichkeit und seines selbst weit über die Stadtgrenzen hinaus außergewöhnlich guten Rufes war der Totengräber ein armer Mann. Im Gegensatz zu der herausragenden gesellschaftlichen Bedeutung dieses Amtes verdiente man in diesem Gewerke nämlich nicht sehr gut, war von den Aufträgen der zumeist ebenfalls nicht wohlhabenden Kundschaft abhängig und hatte zudem noch ein umfangreiches Arsenal an in der Anschaffung und im Unterhalt überaus kostspieligem Spezialwerkzeug vorzuhalten, von den kostbaren Ölen, Essenzen und Tinkturen ganz zu schweigen.

In geübter Voraussicht hatte der Totengräber am Vortag vorgesorgt. Und so hatte draußen im Hofe vor seiner Wohnung und Werkstatt bereits ein fertiger Sarg bereitgestanden, in den er den recht gewichtigen

Leichnam der Magda Fietich unter Zuhilfenahme zweier Flaschenzüge und einer rollbaren Bahre hineinbugsieren konnte. Anschließend wurde der Sarg mit einigen Schrauben verschlossen, von denen er wusste, dass ihre Aufgabe spätestens wenige Monate nach der Beerdigung erledigt sein würde, denn der Sarg der Verstorbenen war lediglich aus einfachstem Pressspan gearbeitet, der nach längerer Berührung mit der Erdfeuchtigkeit, den Fäulnisbakterien und allem anderen, was an ihm fleißig zu nagen hatte, recht schnell zerbröseln würde. Auch der Leichnam selbst - und damit das zerbrechliche Resultat seiner mühevollen Arbeit - würde schon kurz nach dem Verschließen des Grabes seinem endgültigen Zerfall in der feuchten Graberde anheim gegeben sein. Während der Totenfeier aber würde der Totengräber die für ihn sehr wertvolle Gelegenheit haben, die ihm zustehende Wertschätzung in Empfang nehmen können, nämlich dann, wenn der Leichnam kurz vor der Grablegung noch ein allerletztes Mal in der Friedhofskapelle vor den Augen der Trauergemeinde aufgebahrt würde.

Und so hatten die Ereignisse dann auch ihren streng geregelten Lauf genommen. Noch am selben Nachmittag wurde der Sarg der Magda Fietich mühsam in die kleine Friedhofskapelle überführt und dort vor den winzigen Altar gestellt. Sehr lange vor dem Eintreffen der Gäste hatte der Totengräber den Sargdeckel zur Aufbahrung der Überreste seiner Schutzbefohlenen sowie anschließend die Kapellentüre wegen des austretenden Fäulnisgeruchs geöffnet und einige der Leinenbinden vorläufig entfernt, um dem engen Familienkreis die Gelegenheit zu geben, die hohe Qualität seiner Arbeit an einigen ausgewählten Bereichen am Körper der Verstorbenen ausführlich in Augenschein nehmen zu können.

Ganz wie erwartet, war man mit seiner Arbeit nicht nur hochzufrieden gewesen, sondern geradezu gerührt angesichts der liebevollen Detailversessenheit des so kompetenten wie bescheidenen Handwerksmeisters. Anschließend hatte sich die kleine Prozession in bedächtigen Schritten zur Stelle des ausgehobenen Grabes begeben, in dessen Tiefe der Sarg schließlich für die Ewigkeit versenkt worden war. Eine Ewigkeit, die zunächst nur bis in den frühen Herbst andauern sollte, als die ersten Bedenken und Zweifel aus dem engeren Familienkreise bezüglich des abgeschlossenen Todesvollzugs der lieben Tante Magda laut geworden waren. Es war der Verdacht aufgekommen, ihre Seele sei wider Erwarten noch nicht in Gänze von ihr gegangen, hätte die Trennung vom physischen Leib noch nicht in einer endgültigen Weise vollziehen können, was an subtilen Hinweisen bezüglich des Verwesungsgrades ihres Körpers sowie aber auch anhand einer Serie unerklärlicher Geschehnisse in ihrem früheren Wohnumfeld hätte zu erkennen gewesen sein sollen.

So war es zum Beispiel recht häufig vorgekommen, dass bestimmte persönliche Gegenstände der Magda Fietich begonnen hatten, ein für alle Beobachter nicht erklärbares Eigenleben zu führen. Mal war ihre alte Haarbürste mit dem kostbaren Griff aus Elfenbein verschwunden und anschließend, nach sehr langem Suchen, auf einem Fenstersims im Obergeschoss wiedergefunden worden. Einige ihrer alten Schuhe hatten wie von Geisterhand bewegt das Schränkchen verlassen und waren mitten auf die Stufen der Kellertreppe gewandert. Magdas alte Haarnadeln hatte man immer wieder im Küchenschrank zwischen Lebensmitteln gefunden, wo sie niemand aus der Familie, nicht einmal im Scherz, hingetan hatte. Ihre alten Kleidungsstücke hatten sich zuweilen wild in ihrem verschlossen gehaltenen Sterbezimmer verteilt, eine gläserne Deckenlampe war nach heftigem und anlasslosem Pendeln klirrend von der Decke gestürzt, auch hatten sich offenbar ohne jeden Grund dicke Fettflecke auf ihrer Frisierkommode gebildet, die trotz allergrößter Mühen einfach nicht mehr zu entfernen gewesen waren, und die, jedenfalls bei längerem Hinsehen, deutlich erkennbare Züge ihres Gesichtes aufgewiesen hatten. Die ärgste Verängstigung der armen Familienmitglieder war jedoch durch das permanente nächtliche Geflüster verursacht worden, das stets mit dem tiefen Gefühl, ja der Gewissheit der Anwesenden verbunden gewesen war, sich nicht alleine im Raum zu befinden und gar argwöhnisch aus unmittelbarster Nähe beobachtet zu werden. Auf das Äußerste beunruhigt hatte sich die Familie daraufhin mehrfach an das frische Grab begeben und dort voller Verzweiflung versucht, betend Zwiesprache mit der alten Mutter und einigen zuständigen

Schutzheiligen zu halten. Auch hatte man den Vorbeter der Gemeinde um das Deklamieren inniger Fürbitten im Rahmen eines Hochamtes gebeten, was all die beängstigenden Phänomene jedoch allem Anschein nach deutlich verschlimmert hatte. Als die spukhaften Ereignisse also mit jedem Versuch einer spirituellen Besänftigung an Heftigkeit, Häufigkeit und Dauer zugenommen hatten, hatten die arg gepeinigten Hinterbliebenen keinen anderen Ausweg mehr gesehen, als die amtliche Priesterschaft um Hilfe zu bitten. Diese hatte daraufhin einen Kaplan zur Inspektion in das Haus der Familie entsandt, nach dessen eindringlichem Bericht schließlich das amtliche Prüfverfahren in Gang gesetzt und der Totenheber als höchster fachlicher wie spiritueller Experte mit der Exhumierung und post-sepulturanen Leichenschau beauftragt wurde.

—

Die Geste des Totenhebers setzte den Apparat in Gang, der bis zu diesem Zeitpunkt geduldig in der Nässe des dunklen Vormittags verharrend auf seinen Einsatz gewartet hatte. Jedenfalls schien es so, denn zunächst fuhr nur ein leichtes Pulsieren durch die ausladenden Greifarme samt ihrer Gelenke. Diese waren an einem tonnenförmigen Korpus montiert, der seinerseits auf mehreren Rollen stand, um bequem an seinen jeweiligen Arbeitsort geschoben werden zu können. Einmal dort angelangt, war der Apparat selbständig dazu in der Lage, eine Leiche nahezu vollständig von der sie umgebenden Erde freizulegen. Lediglich das Schieben einer dünnen Metallplatte unter den Leichnam musste der Totenheber selbst ausführen, da ansonsten die Gefahr der Beschädigung des schnell zerfallenden Gewebes bestünde. Der Apparat war noch nicht so weit für diese filigraneren Tätigkeiten.

Ein leises Sirren konnte vernommen werden, es arbeitete sich durch den Dunst bis an die Ohren des Totengräbers vor, der dem Tun seines Antagonisten nun in respektvollem Abstand, aber nicht ohne tief im Inneren nagende Gefühle des Argwohns und der Sorge beiwohnte, wobei er grimmig auf die Gestalten am Grab starrte und jede ihrer Bewegungen genau verfolgte. Denn jeder Handgriff, jede Geste und jedes Wort seines Antagonisten verfolgte den alleinigen Zweck, seine mühevolle Arbeit nicht nur rückgängig zu machen, sondern vor allem nach einem schweren Kunstfehler oder etwas ähnlich Vernichtenden darin zu suchen, zu dessen verpflichtender Bereinigung niemand anderes als der Totenheber imstande war. Aber was hätte er denn falsch machen können? Was hätte er übersehen oder unterlassen können? Er war sich mehr als sicher, den Leichnam der Magda Fietich nach allen Regeln der hohen totengräberischen Kunst untersucht, gewaschen, gepflegt, einbalsamiert und verbunden zu haben. Ihr vollständiger Tod war eindeutig zu erkennen gewesen, an ihm hatte kein

Zweifel bestanden: Leichenflecke, Gasdunsung im Unterhautfett und eindeutig beginnende Fäulnis - so sehr er sich im Versuch des detailliertesten Erinnerns an jenen arbeitsreichen, aber auch sehr erfolgreichen Arbeitstag im Frühsommer den Kopf zermarterte, er

konnte sich keine noch so winzige Nachlässigkeit, kein noch so kleines Versehen, keine noch so minimale Abweichung von den hohen Standards seiner Zunft ins Gedächtnis rufen. Sein Gewissen war rein. Vollkommen rein.

Das Sirren schwoll mehr und mehr an, dann schob der Totenheber den endlich aus seinem Ruhezustand erwachten Apparat an den Rand der Grabstätte, wo er ihn mit Sorgfalt platzierte. Das alles schien ihm sichtliche Mühe zu bereiten, denn er stöhnte laut und atmete schwer. Eine längliche Schieferplatte, die den Namen der Verstorbenen trug, wurde entfernt und beiseite gelegt, danach das Grablicht abgenommen, in dem noch eine kleine Flamme lustig tänzelte und einfach nicht erlöschen wollte, so sehr man das Lämpchen auch schüttelte und umher warf. Ein möglicherweise erstes bedeutsames Omen, das vom Totenheber mit einem aufmerksamen Blick registriert wurde. Unter das Sirren mischte sich das eintönige, wie ein fremdes Mantra klingende Gemurmel des Totenhebers, der mit tief gesenktem Haupt den Totenpsalm rezitierte, der gleichzeitig, in geheimer Weise kodifiziert, die Arbeitsanweisungen für den Apparat beinhaltete, der diese begierig aufnahm. Ein leichtes Beben durchschüttelte den Apparat, dessen Greifarme wie in ungeduldiger Erwartung der lang ersehnten Arbeit leicht zu zittern begannen. Das Sirren und das Gemurmel glichen sich in ihrer Tonalität einander an, umtänzelten sich gegenseitig und ergaben auf diese Weise mal eine Duodezime,

21

mal eine schwebende Modulation, was die düstere Szenerie mit einem akustischen Schleier umhüllte. Der geisterhafte Ton, der mehr zu erahnen als zu hören war, hielt für eine knappe Minute an, bevor er jäh unterbrach. Der Totenheber richtete sich auf, schaute mit hoch erhobenen Armen und himmelwärts gewendeten Handflächen in die Wolken und schrie aus seinem weit geöffneten Mund: Fac! (Lat. mach es!)

Den Apparat durchfuhr ein Ruck, anschließend neigten sich zwei seiner Greifarme nach unten und berührten mit ihren Schaufeln sanft die Oberfläche des Grabes. Zwei weitere Greifarme bewegten sich herab, taten es den anderen gleich und nahmen die ihnen zugewiesen Positionen ein, wo sie für eine kleine Weile verharrten. Mit einem deutlichen Stoß bohrten sie ihre Schaufeln in die feuchte Erde hinein, trieben sie vibrierend einen halben Meter tief herab, wo sie sich in der Tiefe vereinigten, um die auf diese Weise umfasste Erde mit einem Male als einen zusammenhängenden Klumpen emporzuheben. Mit dieser Technik hob der Apparat behutsam das Grab aus, arbeitete sich Schritt für Schritt dem zu exhumierenden Leichnam entgegen.

Der Totengräber beobachtete angespannt jede Bewegung des Apparats, der erstaunlich zielstrebig zu Werke ging. Je tiefer dessen Greifarme in das Grab hinabstießen, je höher der Berg ausgehobener Erde daneben anwuchs, desto verlorener fühlte er sich. Mit jedem Kubikzentimeter Erde, den der Apparat dem Grab entriss, sog dieser ihm gleichfalls ein Quantum an Lebensenergie heraus, so jedenfalls fühlte er sich im Angesicht der Furcht vor dem, was man aus der Tiefe herausholen könnte. Immer öfter kam es ihm vor, als verschwimme die Welt um ihn herum zu einem zweidimensionalen Zerrbild ohne wirkliche Substanz, um danach wieder wie durch einen Nebel hindurch in sein Bewusstsein zurückzuprallen, mit der brutalen Schlagkraft der Unausweichlichkeit von Ereignissen, die durch die Arbeit des Totenhebers und seines treuen Apparates direkt vor seinen Augen verwirklicht wurden. Freilich, er war sich keiner Schuld und keines Versagens bewusst, noch immer wähnte er sich eines reinen Gewissens. Doch allein jeder noch so winzige Arbeitsschritt des Totenhebers, und sei es nur das beiläufige Wegwischen eines winzigen Körnchens Staub von einem unbedeutenden Schaltelement des Apparats, war eine vernichtende Geste, die die niederschmetternde Anklage seiner Person ohrenbetäubend in die Lüfte schrie. Alles Tun des Totenhebers war aufgeladen mit dem Wunsch nach der Auslöschung des Totengräbers. Und dies schien ein wesentlicher Grund dafür zu sein, weshalb man sich auf dem Friedhof versammelt hatte.

Die Bewölkung schien sich, obwohl das kaum mehr für möglich zu halten war, immer weiter zu verdichten, als die Greifarme des Apparats mit einem Male innehielten und aus dem nunmehr recht ansehnlichen Loch herausfuhren, ohne weitere Erde hinauszutragen. Respektvoll ließen sich die Arme an den Rändern des Lochs nieder, woraufhin der Totenheber herbeilief, auf die Knie fiel, sich tief in das Loch hinab beugte und eine Laterne hinunterließ. Am langen Arm ließ er das Petroleumlicht hin und her schwenken, um alle Einzelheiten in der Tiefe besser erkennen zu können. Für eine Weile verharrte er in dieser Position, wobei jeder der Anwesenden erkennen konnte, mit welcher immensen Anstrengung der Totenheber um eine Entscheidung rang. Danach erhob er sich mühselig, bewegte sich schlurfend zu seiner Werkzeugkiste, entnahm einige Gegenstände und kehrte damit an das geöffnete Grab zurück, vor dem er wie betend kurz innehielt, bevor er über eine mittlerweile von seinen Beihilfen hinabgelassene Holzleiter in das dunkle Loch kletterte.

Beim Totengräber indes waren anfängliche Gefühle der Derealisation einer kaum mehr erträglichen Anspannung gewichen. Immer mehr verwandelte sich sein starker Wunsch in die brennende Begierde, zu erkennen, was sein Antagonist nun sehen konnte, nämlich einen ersten Eindruck vom jetzigen Zustand seiner früheren Arbeit sowie Anzeichen von Fehlern, die ihm womöglich hätten unterlaufen sein können. Ganz leise, mit trippelnden Schritten, schlich er sich auf Zehenspitzen an das Grab heran, stets in der verzehrenden Hoffnung, einen kurzen Blick auf den nun sicher erkennbaren Leichnam erhaschen zu können. Der Totenheber jedoch duldete keinerlei Eingriff in seine Arbeit, nicht einmal den Blick eines

Anderen, und schon garnicht den des Totengräbers darauf, denn diese war von wesentlich höherer, weitaus filigraner Handwerklichkeit, als die seines Antagonisten. Bereits das oberflächliche Eindringen in ein geweihtes und geschlossenes Grab galt als ein heiliger Akt, der nur von auserwählten Personen mit reinster Seele und vollkommener Erhabenheit ausgeführt werden konnte, ohne durch den Bruch dieses Tabus selbst einen irreversiblen Schaden zu nehmen. Zum Heben eines Leichnams gehörten allerdings noch viele weitere Fähigkeiten, Kenntnisse und Anlagen von teils übernatürlicher Art, zu deren Erlangung ein Menschenleben kaum ausreichen, in einem Menschenhirn kaum genügend Raum sein dürfte. Und deshalb schrie der Totenheber seinen Gegenspieler mit bebender Stimme an als er diesen heranschleichen sah, seine wenigen gellenden Worte gegen das drohende Sakrileg dröhnten wie ein jenseitiger Fluch durch die Herbstluft, vor denen auch alle anderen Anwesenden, sogar seine geweihten Beihilfen und selbst die Menschen weit außerhalb der Friedhofsmauern, bis ins Mark erschauderten. Danach stieg der Totenheber in die Dunkelheit des Grabes hinab.

—

Die kleine Leiter war aus altem Holz und daher in der allgegenwärtige Nässe gefährlich glitschig, als der Totenheber mit sehr vorsichtigen Tritten und stets gesenktem Haupt in die Tiefe kletterte. Seine Laterne und das dustere Tageslicht waren alles, auf das sich seine Augen verlassen konnten. Wichtiger jedoch als das Sehen war für ihn das Fühlen, das geistige Erspüren einer Aura oder etwas Ätherischem, das einen ersten Aufschluss über die Wesensbeschaffenheit des Leichnams geben konnte. Von diesem war in diesem Stadium der Exhumierung noch kaum etwas zu erkennen, denn der Apparat folgte der strickten Anweisung, bei den kleinsten Erdveränderungen, die auf die unmittelbare Anwesenheit menschlicher Überreste hinwiesen, seine Arbeit unverzüglich einzustellen, auf dass der Totenheber den Boden des Grabes inspizieren und die weiteren Schritte der nun manuellen Fortsetzung der Aushebung von Magda Fietichs Leichnam beschließen konnte.

Der Totenheber spürte in diesem Moment jedoch nichts so Bedeutsames, das eine Unterbrechung der Exhumierung rechtfertigen würde, so dass er mit der händischen Freilegung des verwesten Menschenleibs beginnen konnte. Das vom Apparat ausgehobene Loch war in seinen Abmessungen so bemessen, dass sich zu allen Seiten des Leichnams genügend Platz befand, auf dem selbst ein sehr großer Mann in kauernder Position gut arbeiten konnte, ohne die zerbrechlichen Überreste zu beschädigen. Er stieß einen Pfiff hervor, woraufhin seine Beihilfen einen an ein Seil gebundenen Eimer zu ihm hinunterließen. Dann begann er mit einer kleinen Schaufel vorsichtig die Erde abzutragen, in der sich als eine kaum erkennbare, länglich-ovale Differenz in ihrer Textur die Umrisse eines Sarges andeuteten. Der Totenheber musste ausgesprochen behutsam vorgehen, da der Sarg weitgehend zerfallen war und daher auch keinen Schutz für den zerbrechlichen Körper der Magda Fietich mehr bieten konnte. Unter keinen Umständen durfte er ein auch noch so winziges Partikel des verwesten Leibes aus Versehen zusammen mit der Erde in den Eimer befördern, wofür neben der allergrößten Konzentration auch ein messerscharfer Blick erforderlich war.

Es war eine mühevolle, schier endlose Arbeit, die der Totenheber tief unten am Grund des Grabes zu verrichten hatte. Seine Glieder hatten schon seit Längerem begonnen furchtbar zu schmerzen und zu brennen, da die kauernde Arbeitshaltung in der drangvollen Enge des Lochs Gelenke, Muskeln und Sehnen des hageren Mannes auf das Äußerste belastete. Mittlerweile war die Mittagsstunde weit überschritten. Die beiwohnenden Menschen, auch der Totengräber selbst, waren bis auf die Haut durchnässt vom ewigen Nieselregen und froren noch immer bitterlich. Obwohl der Totenheber in seine Arbeit vertieft nicht sehen konnte, was sich oberhalb der Ränder zutrug, wagte der Totengräber keinen erneuten Versuch, einen Blick in des Innere des Lochs werfen zu können. Auch hatte ihn wieder diese eigentümliche Müdigkeit übermannt, die es ihm kaum möglich machte, seine Augen geöffnet zu halten. Eine Müdigkeit, so dachte er, die immer kurz vor dem

Sterben in der Kälte auftritt. Sterben könnte er jetzt hier und auf der Stelle, grübelte der durchnässte Mann im Halbschlaf, sterben sollte er gerade an diesem Ort, wo sich Leben und Tod, wo sich die Lebenden und die Toten die Hände zu schütteln pflegten. Für ihn war der Friedhof Einladung, Geschenk, Hoffnung und Verheißung zugleich.

Eimer nach Eimer gefüllt mit Erde wurde aus dem Grab gezogen, neben dem der Berg voller Aushub immer weiter in die Höhe wuchs. Doch langsam nahm das Tempo ab, in dem die feuchte Erde abtransportiert werden musste. Immer länger wurden die Intervalle, in denen die Beihilfen das Seil in die Höhe ziehen mussten. Im Inneren des Grabes ergab sich nun ein ganz anderes Bild als nach dem Einstieg des Totenhebers. Dieser hatte in einer kontemplativen Arbeit, in beinahe völliger Hingabe an sein Tun, die Überreste des Sarges rundherum freigelegt, so dass sich das einstige Werk des Totengräbers in seiner gegenwärtigen Phase des Verfalls dem kritischen Blick seines Antagonisten offenbarte. Das Holz war an den meisten Stellen fast vollständig zerfallen und Erde in das Innere vorgedrungen. Es bröselte an allen Ecken und Enden, nur noch die Erinnerung an früher schien die verrotteten Holzfasern mit Mühe halbwegs in ihrer ursprünglichen Form zu halten. Vom Leichnam war indes selbst durch Löcher oder eingefallene Bretter nichts zu sehen. Eingedrungene Erde, Feuchtigkeit und verfaultes Holz hatten sich wie eine teigige Hülle über die sterblichen Überreste der

Magda Fietich gelegt, so dass diese trotz der unermüdlichen Feinarbeit des hageren Mannes noch nicht erkennbar waren. Doch der Totenheber spürte überdeutlich ihre Präsenz. Die mehrfache Mutter, Oma und Tante lag dort in all ihrer Lebenskraft vor ihm, lediglich getrennt durch wenige Handbreit Erde, und war nicht nur für ihn in unmittelbarer Weise anwesend, sondern auch für seinen besorgten Antagonisten.

Der Totenheber durfte sich keine Pause gönnen, denn er hatte den mit Erde und Holz geradezu verschmolzenen Leichnam soweit freizulegen, dass er sich als ovaler Klumpen mithilfe des Apparates aus dem Grab heben ließ. Als er die dafür nötigen Vorbereitungen nach einiger Zeit abgeschlossen hatte, ließen die Beihilfen auf seinen weiteren Befehl hin eine längliche Metallplatte zu ihm hinab. In vielen weiteren Arbeitsschritten, einer raffinierten Technik aus dem abwechselnden Aushöhlen der Erde unter dem Sarg und dem langsamen Vorwärtsschieben der Platte, bugsierte der Totenheber das Metall nun so unter den Sarg, dass dieser in seiner gesamten Länge darauf zum Liegen kam. Nun war der zweite große Moment des Apparats gekommen, auf den dieser oben am Grabesrand sehnlichst zu warten gehabt schien. Seine vier Greifarme setzten sich in Bewegung und fuhren behutsam in das Loch hinunter, wo sie der Totenheber sorgfältig mit Hilfe einiger Haken und Ösen mit der Platte verband. Sorgfältig prüfte er die Zuverlässigkeit der Verbindungen, bevor er das Signal an den Apparat gab, die Platte samt ihrer kostbaren Last in die Höhe zu ziehen. Langsam, unendlich langsam, setzten sich die Arme in Bewegung und hievten die Platte Millimeter um Millimeter nach oben, wobei sie sich mit höchster Präzision so gegenseitig abstimmten, dass die Platte in keine bedrohliche Schieflage geraten konnte. Eine gefühlte kurze Ewigkeit später war endlich der Rand des Lochs erreicht, die Arme des Apparates hoben die Platte mit dem Erdklumpen noch etwas weiter in die Höhe, schwenkten zur Seite über das Friedhofsgras und hielten schließlich mit ihrer Arbeit inne.

Das Herz des Totengräbers schlug ihm hinauf bis zum Hals, fast glaubte er, die Anspannung nicht mehr ertragen zu können und kollabieren zu müssen. Einfach an Ort und Stelle umfallen, auf dem nassen Boden zur Ruhe kommen, das Bewusstsein zu verlieren, nichts mehr erleben, nichts mehr denken, nichts mehr hoffen, nichts mehr fürchten zu müssen. Eine so süße wie verlockende Vorstellung angesichts all der schmerzhaften Dinge von existenziellem Rang, die nun auf ihn zukommen könnten und denen er womöglich bei Weitem nicht gewachsen war. Als meisterhafter Handwerkskünstler war er stets in der Arbeit seiner Hände aufgegangen, hatte sich alle noch so schwierigen Fertigkeiten, Fähigkeiten, Techniken und Kenntnisse im Laufe seiner jahrzehntelangen Praxis selbst beigebracht, hatte sie immer wieder aufs Neue in seiner täglichen Arbeit angewendet und bis hin zur annähernden Vollkommenheit perfektioniert.

Unzählige Stunden hatte er in tiefer Hingabe damit verbracht, filigrane Vernäh- und Salbungstechniken an verwesten Tierkadavern auszuprobieren und seine Fingerfertigkeit beim sanften Einmassieren zarter Innereien zu verfeinern. Er kannte die Anatomie fremder Menschen weitaus besser, als seine eigene Lebensgeschichte. Er war ein sehr alt gewordener Mann der Tat, der unvergleichlichen Geschicklichkeit feingliedriger Hände, ein hoher Künstler seines Gewerkes mit meisterlichen Fachkenntnissen in sämtlichen totengräberischen Techniken, die seine Kultur im Laufe vieler Jahrhunderte hervorgebracht hat.

Der Totenheber entstammte jedoch einer gänzlich anderen Zunft, die nur in ganz oberflächlicher Weise etwas originär Handwerkliches an sich hatte. Er musste seinen Apparat anweisen und recht geschickt mit Erde umgehen können. Vielleicht brauchte er auch eine ausgeprägte Feinmotorik im sorgfältigen Freilegen vermoderter Kisten oder alter Knochen, im Herauskratzen winziger Erdreste oder im vorsichtigen Abschaben verklebter Partikelchen. Aber das war im Grunde nichts, was nicht auch ein in manuellen Dingen halbwegs geschickter Bursche nach einigen Wochen intensiver Anlernzeit hätte vollbringen können. Nein, der Totenheber war von einem ganz anderen Kaliber, er war kein Mann der Hände, er war vielmehr ein Mann des Geistes. Seine Arbeit spielte sich zum allergrößten Teil in seinem Inneren, seiner Seele und den feinstofflichen Zentren seines Körpers ab, die er alle tagtäglich in Stunden harter Übung und Meditation auf seine Arbeit vorzubereiten hatte. Für den Totenheber gab es nichts anderes im Leben, als immerwährende strenge Exerzitien, die nur ein Mann durchführen und bis zu seinem Ende durchhalten kann, der für dieses sakrale Amt geboren, auserkoren und geweiht wurde, der aber auch für dieses Amt sterben würde. Und für den Totenheber wäre ein Fehler des Totengräbers nicht einfach nur eine hässliche Pfuscherei, ein handwerkliches Versehen oder ein ärgerliches Flüchtigkeitsversagen, nein, jeder noch so winzige Fehler konnte unter Umständen, die im Falle von Magda Fietich mehr als nahe lagen und daher noch auf das Genauste aufzuklären waren, ein Sakrileg, eine Häresie und vernichtende Todsünde sein. Für das Vorliegen einer derartigen Verfehlung gab es also viele erdrückende Anzeichen, andernfalls hätte man die Exhumierung nach ausgiebiger Prüfung aller Umstände nicht befohlen, den Totenheber garnicht erst zu Rate gezogen. Auch hätte der Totenheber die Störung der heiligen Totenruhe in dem Falle sofort abgebrochen, da ihm im Laufe der Exhumierung keine bestätigenden Anzeichen von seiner gerechtfertigten Berufung aufgefallen wären.

Der Totengräber verbiss sich Schmerz und Furcht, starrte aus sicherer Entfernung gebannt auf den Klumpen auf der Platte zwischen den Greifarmen des Apparats und sah zu, wie die hoch aufgeschossene Gestalt des Totenhebers an die gehobene Platte herantrat und den aus dem Grab gehobenen Sarg begutachtete. Er tat das, ohne das Material zu berühren, lief nur in kleinen Trippelschritten um den Klumpen herum, hielt zuweilen inne, wobei er sein Haupt ein wenig neigte, wohl um alles in sich aufzunehmen, was aus dem zerfallenen Sarg nach außen dringen wollte. Dann griff er tief in seine Manteltasche und zog ein gebogenes Hörrohr aus Metall heraus, dessen Ansatz er weit in sein Ohr steckte und mit dem Trichtermund auf den Klumpen hielt. Er horchte angestrengt, wechselte die Position, horchte weiter, wechselte erneut die Position und horchte. Nachdem er offensichtlich eine besonders ergiebige Stelle gefunden zu haben schien, auf der er das Hörrohr für eine längere Zeit ruhen ließ, steckte er das Instrument wieder zurück in die Manteltasche, streckte beide Arme aus und berührte den Klumpen mit seinen Handflächen.

Diese begannen leicht zu vibrieren, und wer ganz genau hinsah, konnte erkennen, wie der Nieselregen seine Hände wie magisch umfloss, die Tröpfchen also herunterfielen, jedoch einen Bogen um die spitzen Knöchel machten und die lederne Haut dabei nicht benetzten. Ähnlich verhielt es sich mit dem Klumpen selbst, auch diesen umflossen die Tröpfchen, prallten an einer unsichtbaren Schutzschicht darüber ab, so dass das Wasser des Regens seine leicht lösliche Struktur nicht beschädigen konnte. Der Totenheber verharrte einen Moment lang in dieser Position, zog die Hände sodann ruckartig zurück, erhob sein Haupt gen Himmel und rief mit einer blechernen, aber

lauten Stimme den Befehl: *Tempus fugit, corpus manet!*
(Die Zeit vergeht, die Leiche bleibt). Seine Gehilfen
eilten mit einem Rollgestell herbei und schoben es
behutsam unter die Blechplatte mit dem Erdklumpen.
Sie traten zurück, dann bewegte der Apparat seine
Greifarme vorsichtig nach unten und legte seine
wertvolle Fracht auf die Rollbahre, wo man sie mit
Sorgfalt vor dem Hinabfallen sicherte, dabei immer
darauf achtend, einen gebührenden Abstand zu der
toten Frau einzuhalten. Anschließend nahmen die
Beihilfen und der Totenheber ihre Positionen in der
Totenformation ein, der hagere Düsterling bildete die
Spitze, gefolgt von der Rollbahre, die von den
Beihilfen geschoben wurde. Aus der Ferne drang der
Klang eines heiseren Glöckchens herüber, dann setzte
sich die kleine Prozession zum ersten außergräblichen
Geleit der Verstorbenen in Bewegung. Der Totenheber
schritt mit langsamen, fast schwebenden Schritten
einem unhörbaren Rhythmusschlag folgend voran, die
Beihilfen passten ihren bedächtigem Gang seiner
Schrittfolge an und schoben das Rollgestell dabei
langsam den Friedhofsweg hinunter auf die Kapelle
zu, deren Konturen man im dichten Herbstnebel
kaum wahrnehmen, allenfalls erahnen konnte. Nach
jedem einzelnen Schritt hielt die kleine Prozession für
eine kurze Weile inne, bevor sie zum nächsten Schritt
ansetzte, weshalb für den Weg zur Kapelle eine
beachtliche Zeit benötigt wurde. Der Totengräber
indes rührte sich nicht vom Fleck und verharrte in
einer Art demütigem Stupor, schaute der Prozession
ängstlich hinterher und wartete mit unendlicher

Geduld den Moment ab, an dem der Totenzug in der Kapelle verschwunden war. Obwohl ihn eine heftige innere Aufruhr ausfüllte, konnte auch er sich der eigentümlichen Würde des kleinen Leichenzugs nicht entziehen, so dass er diesen Anblick heimlich zu genießen begann und ihm sogar eine Träne aus einem Auge rollte. Denn die Dauer der Prozession war für ihn noch so etwas wie eine allerletzte Gnadenfrist, die ihn von dem Unvermeidlichen, das sich demnächst im Innerem der Kapelle abspielen würde, trennte.

Der Weg vom Grab zur Kapelle war bei Lichte besehen nicht allzu weit, im grauen Nebel dieses regnerischen Tages aber weit genug, um vom Grab aus die Kapelle schon beinahe nicht mehr erkennen zu können. Ihre Konturen schälten sich erst nach zwanzig, dreißig Metern aus dem herbstlichen Trübsal heraus, was für die Teilnehmer der kleine Prozession jedoch keine Rolle spielte, da deren Aufmerksamkeit einzig und allein der Fracht auf der Rollbahre galt. Endlich an der Kapelle angelangt, öffneten die Gehilfen das Portal, anschließend verschwand die Prozession im Inneren des gotischen Häuschens, woraufhin sich die schwere Tür mit ihren kunstvoll gelegten Intarsien wie von alleine wieder schloss. Nur das leichte Plätschern des Regens durchbrach die einkehrende Stille.

Die Friedhofskapelle mochte auf viele Besucher sehr bedrohlich oder gar abweisend wirken, war jedoch ein recht kleines Gebäude mit einem spitz zulaufenden Türmchen, dessen zerbrechlich-filigrane Konstruktion aufgrund einer hochgradig geschickt ausgeführten Statik zwei tonnenschwere Glocken zugleich zu tragen vermochte. Trotz seiner kleinen Abmessungen wurde nicht auf die Andeutung eines Strebewerks verzichtet, das die wenigen Glasfenster

weitgehend verdeckte und dem kleinen Gebäude mit seinen zahllosen Fialen, Wasserspeiern und sonstigen Verzierungen ein beinahe verspieltes, ja geradezu märchenhaftes Erscheinungsbild verlieh.

Die Kapelle war sehr alt, errichtet wurde sie weit bevor man sich dazu entschlossen hatte, einen funktionstüchtigen Friedhof um sie herum anzulegen. In der grauen Vorzeit nämlich hatte man die Toten in einem entfernten Wäldchen bestattet, häufig nur in notdürftig ausgehobenen Löchern oder Gruben verscharrt, so dass ihre fahlen, teils von Fäulnis zerschlissenen Gesichter vor allem nach starken Regengüssen im Matsch und unter Pfützen viel zu oft zum Vorschein gekommen waren. Häufig wurden spielende Kinder von den Toten in ihren Bann gezogen, denn viele waren die Nachkommen der Verscharrten, deren Seelen sich nicht immer bereit für den Übergang in die ewige Ruhe wähnten und begierig danach strebten, das ein oder andere Unerledigte noch zu irgendeiner Art von Abschluss zu bringen oder einfach nur, um ohne lebendigen Körper in ätherischen Kontakt mit den lebenden Nachfahren zu treten.

Diesen selbst für die damaligen Verhältnisse überaus groben Unzulänglichkeiten des altertümlichen Bestattungswesens war es also zu verdanken, dass die Toten den dörflichen Frieden zu stören begannen, indem sie in die Welt der Lebenden eindrangen und zu ihren Seelen durchzudringen versuchten. Nachdem erst viele Kinder, dann auch Erwachsene und Alte unter Alpträumen und unsichtbaren Stimmen gelitten, immer mehr Leute über unerklärliche Erscheinungen geklagt und unsichtbare, oft eindringlich klagende Stimmen gehört hatten, nachdem dazu besonders viele Fälle unbekannter degenerativer Krankheiten sowie auch immer mehr hässlich missgebildete Fehl- und Halbgeburten zu beklagen gewesen waren, wurde nach ausgiebiger Beratschlagung im Kreise des örtlichen Klerus beschlossen, einen amtlichen Friedhof mit ausreichend tiefen und vor allem geweihten Gräbern rund um die kleine Kapelle anzulegen, der alle Voraussetzungen dafür bot, die Ruhe der Toten - und damit auch die der Lebenden - für immer und ewig zu gewährleisten. Dies war eine überaus wichtige Erfahrung, die man andernorts mit der ordnungsgemäßen Bestattung der Toten und dem daran gekoppelten Frieden der Lebenden gemacht hatte, und dies war auch die Zeit, in der der Beruf des Totengräbers entstanden war, der durch sein ausgefeiltes Handwerk dafür zu sorgen hatte, die Totenruhe, die Himmelfahrt ihrer Seelen und damit die Ruhe der Lebenden im Dorf zu gewährleisten.

Nach dem Anlegen des Friedhofs wurde die Kapelle zur immerwährenden Totenkapelle geweiht. Fortan stand sie also, auf ewig umgewidmet zu einer düsteren, unheilvollen und traurigen Aufgabe, für immer inmitten eines immer größer werdenden Feldes voller Gräber und Grüften. Hatte die Kapelle zuvor noch vielen heiteren, freudvollen Zeremonien wie

Taufen, fröhlichen Eucharistiefeiern, hoffnungsvollen Gebeten oder sogar Trauungen gedient, war ihre Bestimmung von da an die einer Herberge für Tote auf ihrem letzen Weg in ihre Gräber. Nur noch Hader, Trauer, Schmerz und Hoffnungslosigkeit gingen in den folgenden Jahrhunderten in ihr ein und aus, kein fröhliches Lachen mehr erhellte ihr Gemäuer und nichts Frohes mehr konnte den Steinen die Zuversicht geben, ihre unheilvolle Bestimmung jemals wieder ablegen zu dürfen. Auf ihren Boden ergossen sich nur noch die Tränen Trauernder, und anstelle eines glockenhellen liturgischen Gesangs froher Botschaften füllten ihren kleinen Chor von da an nur noch die fauligen Ausdünstungen der Toten und das heisere Wehklagen der Hinterbliebenen aus. Und so begann die Kapelle, sich zu verändern. Erst legte sich ein rußiger Schleier über die kleinen bunten Fenster, die sich alsbald immer weiter in ein dunkles Grau färbten. Zeitgleich breiteten sich schwarze Flecken auf den Steinen des Gemäuers aus, die sich wie parasitäre Flechten immer weiter ausdehnten, anwuchsen und anschwollen, bis sie keinem Strahl Licht mehr das Reflektieren erlaubten und jeden Schall verschluckten. Und wer er es trotz tiefer Trauer einmal wagte, sein kummervoll gesenktes Haupt aufzurichten und nach oben zu blicken, konnte feststellen, wie sich die vormals bogenförmigen Streben des Gewölbes zu einem knöchrigen Geäst verdichtet hatten, das in jeder Sekunde unter der Last des Gewölbes wie aber auch unter der permanenten Last von Trauer und Schmerz zusammenzubrechen drohte. Kaum eine Lampe hatte mehr die Chance, geschweige denn die nötige Kraft zu leuchten, und keine Tonquelle konnte mehr einen anderen Klang formen, als das heisere Lamento erstorbenen Lebens. Auch über die beiden großen Glocken im Türmchen legte sich im Laufe der durchtrauerten Jahrhunderte in vielen Schichten ein pechartiger Belag, der anstelle des vormals erhabenen Geläuts nur noch ein dumpfes, tonloses, aber dennoch ein jedes Mark erschütterndes Wehgebrüll erschallen ließ. Die Kapelle hatte sich damit in einen Tempel des Todes verwandelt. Eine düstere Transformation, die noch lange keine Ende finden konnte, denn jeder weitere Tote, der in ihrem Inneren aufgebahrt und beweint wurde, verlieh ihrer tragischen Verwandlung einen weiteren Anschub. Nur der Totenheber hatte eine vage Ahnung von dem unermesslichen Grauen, das tief im Schiff der kleinen Kapelle darin begriffen war, sich herauszubilden, eine konkrete Gestalt anzunehmen und sich mit Tatkraft auszurüsten, und das in gewisser Weise als Kehrseite dieser Form des Bestattungswesens eines nicht mehr allzu fernen Tages mit aller tödlichen Gewalt und Wucht auf die Bevölkerung des Dorfes zurückschlagen würde.

—

Der Totengräber zuckte zusammen. Fast war ihm, als sei er eingeschlafen oder weggetreten, für eine kleine Weile ohnmächtig geworden und danach ruckartig zurück in die Wirklichkeit gerissen worden. Der Friedhof, so wusste er, hat seine ganz eigenen Regeln für Sinne, Verstand und Seele der Lebenden, ja er hat sogar seinen eigenen Verlauf der Zeit. Die stille Prozession, der er aus vielen respektvollen Metern Abstand zugesehen hatte, war endlich im Inneren der Kapelle verschwunden. Mit größter Aufmerksamkeit hatte er sie beobachtet, dabei jeden Schritt, jede Geste, jede einzelne Bewegung des Totenhebers in einem beachtlich gedehnten Zeiterleben auf das Genauste registriert, bis urplötzlich das Nichts unaufhaltsam in sein Bewusstsein gedrungen war, um all sein Erleben, Empfinden und Denken zu absorbieren, um alles, was ihn als einen altgedienten Meister seines Faches jemals ausgemacht hat, einfach auszulöschen. Unter Aufbietung all seiner Willenskraft musste er dagegen ankämpfen. Nun war ihm ein wenig schwindelig aufgrund dieses raschen Wechsels zwischen diesen extremen Befindlichkeiten, auch verspürte er das unwiderstehliche Bedürfnis, sich kurz auszuruhen, seinem alten, geschundenen Körper eine Weile der Erholung zu gönnen. Zumindest für einen kurzen Moment, denn mit einem Male ertönte der *Schrei der Gesichtslosen* - diesen treffenden Namen hatte ein Totenheber aus früheren Zeiten den tonnenschweren Glocken nach der Wandlung ihrer Töne eines Tages gegeben - über dem Friedhof und hallte bis weit hinein in das abgelegene Dorf. Dumpfe Schläge toten Metalls ohne jedweden Wohlklang, die nach dem Anschlagen sofort wieder verstummten, jedoch nicht verklangen, sich tief in den Gehörgängen verfingen, dort rastlos umherirrten, aneinander stießen, zu toben begannen, nicht mehr hinausfanden und sich mit jedem weiteren Schlag zu einem brausenden Tosen aufsummierten, das sehr schnell die äußersten Grenzen des Erträglichen erreichte.

Das schreiende Getöse der Glocken also riss den Totengräber aus seiner schützenden Versenkung und übergab ihn mit brutaler Gewalt einer Wirklichkeit, in der er keine Zuflucht mehr finden konnte, weil sie fest in der Hand seines Antagonisten zu liegen schien. Der Totengräber drückte seine Hände verzweifelt auf die Ohren, doch der klagende Lärm aus dem Türmchen bohrte sich durch ihre Haut und Knochen hindurch bis tief hinein in die Mitte seines Kopfes. Er schloss seine Augen und hatte keine andere Wahl, als sich still dem Beben hinzugeben, das ihn bis hinab in die Zehenspitzen durchfuhr. Irgendwann nahm er die nutzlosen Hände von den Ohren und faltete sie in der verzweifelten Hoffnung ergeben vor seiner Brust, den in seiner Körpermitte wütenden Lärm der Glocken so besser ertragen zu können. Auch kannte er den Anlass des Geläuts, er wusste nur zu genau, dass die *Schreie der Gesichtslosen* vom Ende der Totenruhe kündeten. Vom Ende der Totenruhe der Magda Fietich und vom Beginn ihrer rituellen Befreiung, die der Totenheber nun in der Kapelle zu vollziehen begann. Dies war der Moment, von dem an die Kapelle anfing, den Totengräber wie magisch in ihren Bann zu ziehen, um sich alsdann, tief unten in seinem Bewusstsein, in seinem Bewusstsein förmlich zu verkapseln.

Die eigentliche Arbeit des Totenhebers, die rituelle Visitation, Examination und Befreiung eines Toten, unterlag einem strengen Verborgenheitsgebot. Zum Kern der Arbeit zählten nicht etwa das Ausheben des geschlossenen Grabes oder die Herausnahme eines Leichnams. Nein, die bloße Exhumierung, also das namengebende *Heben* eines Leichnams aus dessen Grab, galt, obschon in rein handwerklicher Hinsicht anspruchsvoll genug, nur als ein eher nebensächliches, profanes Vorbereitungswerk, das notwendiger Weise getan werden musste, bevor sich der Totenheber der eigentlichen Leichenfürsorge hingeben konnte, was in der verschlossenen Kapelle nur unter ausschließlicher Anwesenheit der gesalbten, sorgfältig ausgebildeten und mit einem überschweren Gelübde versehenen Beihilfen geschehen durfte. Gewöhnlichen Sterblichen, und auch der Totengräber zählte gerade noch dazu, war jeder Blick auf diese heiligen Verrichtungen strengstens verboten und bedeutete zwangsläufig die Ansammlung einer tiefen, existenziellen und nicht mehr tilgbaren Schuld. Doch der Totengräber wusste sich zu helfen, er hatte sich einen Plan zurechtgelegt. Er kannte einen geheimen Ausweg, der ihm zwar ebensowenig erlaubt war, und der ihn ebenfalls mit der gewichtigen Schuld infolge einer unsagbar sündhaften Verfehlung belegen würde. Das alles war dem Totengräber sehr gut bekannt. Doch viel zu groß, zu existenziell dringlich war diese Angelegenheit für ihn jetzt geworden, denn mit jeder noch so kleinen Zuwendung des Totenhebers dem Leichnam der Magda Fietich wuchs nicht nur die Gewissheit von der eigenen unverzeihlichen Unzulänglichkeit in neue Höhen, sondern auch die Gewissheit von den so unausweichlichen wie grausamen Konsequenzen, die er, der Totengräber, zu gegenwärtigen haben würde.

Und so gab es für den von unendlichen Sorgen gepeinigten Mann keine andere Möglichkeit zur Wiederherstellung seines eigenen Seelenfriedens, als dem totenheberischen Ritual heimlich beizuwohnen - und das trotz des Verbots und der drohenden Strafe im Falle einer möglichen Entdeckung. Er hatte keine andere Wahl, das Unvermeidliche in Kauf zu nehmen, dies war seine einzig mögliche Entscheidung.

Die Kapelle besaß eine kleine Sakristei, die wie eine abgestoßene architektonische Exklave, wie ein nicht mehr dazugehöriger, beinahe an ein Geschwür erinnernder Auswuchs des Ziegelgemäuers, fast schon wie ausgestoßen seitlich an das hintere Ends des Kapellenschiffs angeflanscht war. Die Sakristei besaß nicht nur eine Tür zum Altarbereich der Kapelle, sondern auch eine Außentür zum Friedhof, deren grobes Schloss der Totengräber in weiser Voraussicht künftiger Geschehnisse am Abend zuvor mithilfe eines Diedrichs geöffnet hatte, so dass er nun auf leisen Sohlen und unbemerkt in das Garwehaus schlüpfen und von dort aus, so hoffte er, durch kleine Spalten, Schlitze und Löcher im alten Holz der Tür zum Altarraum, das Tun des Totenhebers und seiner Beihilfen würde beobachten können. Bereits das heimliche Aufschließen der Sakristeitür am Vortag war eine überaus sündhafte Tat gewesen, und so hoffte er inständig, auch während der folgenden Beobachtung des Totenhebers unbemerkt bleiben zu können, obgleich er tief im Inneren ahnte, zwar auch für dieses schwere Vergehen keine Lossprechung mehr erwarten zu können, als Erlös für dieses enorme Risiko jedoch auf eine wie auch immer geartete Form der Erlösung hoffen zu dürfen.

Nachdem die letzten Schreie der Gesichtslosen verklungen waren und sich das schmerzvolle Beben in seinem Körper endlich gelegt hatte, sah sich der Totengräber vorsichtig um, wähnte sich unbeobachtet und schritt langsam auf die Sakristei zu. Um bloß nicht den vorzeitigen Verdacht des versuchten Verborgenheitsbruchs zu erwecken, durfte er dabei von keinem Sterblichen, nicht einmal von einer unbeteiligten Person gesehen werden. Der Friedhof war jedoch zu diesem Zeitpunkt, so fühlte es der Totengräber, von allem Lebendigen befreit. Nicht einmal Vögel, Ratten oder gar Insekten wären selbst bei genauester Observierung zu sehen gewesen, denn mit dem Beginn des heiligen Rituals in der Kapelle verspürte alles unbedarft Lebendige innerhalb der Friedhofsmauern einen peinigenden Schmerz und mit ihm auch den unwiderstehlichen Drang, diese Stätte des alles und jeden beherrschenden sowie alle Zeiten überdauernden Todes zu verlassen. Behutsam, Schritt für Schritt, legte der hagere und durchnässte Mann die wenigen Meter bis zur Kapelle zurück, schritt aus Gründen seiner Sicherheit in einem großen Bogen um die Eingangstür herum und näherte sich anschließend lautlos auf Zehenspitzen schwebend der Sakristei. Als er sich bis auf einen Meter der kleinen Außentür genähert hatte, wechselte er in einen federnden Trippelschritt, schmiegte sich schließlich an die Tür, drückte mit beiden Händen vorsichtig die Klinke herab und presste den massiven Türflügel leise und langsam soweit auf, dass der Spalt gerade breit genug war, um in die Sakristei hineinschlüpfen zu können. Nach dem ebenso geräuschlosen Schließen der Tür fand sich der Totengräber in einem Raum voller Dunkelheit vor und wusste genau, dass dort keine gewöhnliche Dunkelheit herrschte, sondern ihn nichts anderes, als die Schwärze aus dem Inneren eines Grabes umschmiegte. Und trotzdem waren seine Augen infolge ihrer Blicke in tausende Gräber geschult genug, um die Konturen des Interieurs der Sakristei gut erkennen zu können. Obwohl nicht besonders groß, war sie reich ausgestattet mit Schreinen, Truhen und Regalen. Auch standen an ihren Seitenwänden kleine Vitrinen, die sakrale Gebrauchsgegenstände und allerlei liturgisches Gerät beherbergten. Darin befanden sich Handkruzifixe aller Größen, verschiedenste Reliquiare, höchst kostbare Ostensorien und Monstranzen sowie ein größeres Aspergill, mit dem man einer uralten Sage zufolge die Särge mit den gesammelten Tränen tausender Trauernder besprengt hatte. Auch bewahrte man in der Sakristei das alte Tabernakel auf, das noch aus der Vorzeit der Friedhofskapelle stammte, einer Zeit also, in der das Gebäude noch nicht ausschließlich den Toten geweiht war, für das es aber schon lange keine erlaubte Verwendung mehr gab. Denn mit der Umwidmung und anschließenden Transformation der kleinen Kapelle war die Aufbewahrung konsekrierter Gegenstände in ihrem Inneren unmöglich geworden, weshalb man das so nutzlos gewordene Tabernakel in die Sakristei verbracht hatte, wo es Anwesende noch ein wenig an die seligen Zeiten der Kapelle erinnerte. Nicht zuletzt dank der Ausstrahlung dieser Sammlung an sakralen Gegenständen, die früher im Dienste einer weitaus hoffnungsvolleren Symbolik gestanden hatten, war das Garwehaus in gewisser Hinsicht zu einer Art Zwischenreich geworden, in das der knöcherne Arm immerwährender Trauer und des allgegenwärtigen Todes nicht mit seiner vollständigen Machtfülle hineinlangen konnte und daher nur in einer leicht abgeschwächten Form zugegen war. Dies war auch der Grund, weshalb der Totengräber von dort aus unbeschadet das Tun im Inneren der Kapelle beobachten konnte.

Der Totengräber nahm also die reiche Ausstattung der Sakristei aus den Augenwinkeln wahr, rührte sich dabei nicht vom Fleck, sondern lauschte angestrengt nach Geräuschen, die ihm Aufschluss über das Tun des Totenhebers geben könnten. Doch passend zur gräblichen Düsternis herrschte auch eine Grabesstille, was auf die notwendige Phase der allertiefsten Kontemplation hinwies, die der Totenheber vor dem Beginn einer jeden Leichenpflege und -examination durchzuführen hatte. Eine Kontemplation, in der er ins intime Zwiegespräch mit sich selbst sowie dem vor ihm liegenden Leichnam eintreten musste, was letztlich dem Zweck diente, die beiden sich fremden Seelen mit einander vertraut zu machen und derart zu synchronisieren, dass insbesondere der als Folge der zerfallenen Körperhülle sowie der Exhumierung schutzlos gewordenen Seele der Verstorbenen eine angemessene Zeit der spirituellen Beruhigung gegeben werden konnte. Die Seele sollte, so die gängige Vorstellung, wie die Trubstoffe in einem vergorenen Fruchtsaft herabsinken und am Boden eines Gefäßes sedimentieren, um sich dabei so sehr zu verdichten, dass sie ausreichend zugänglich für äußere spirituelle Einwirkungen wird, die, da sie von einem lebenden Sender ausgehen, notwendigerweise einer anderen kommunikativen Modalität folgen. Die Kontemplation konnte je nach Verfassung beider Teilnehmer und der Beschaffenheit externer Faktoren mehrere Stunden andauern, da die sakramentale Arbeit des Totenhebers nur unterhalb eines exakt festgelegten Grades an spiritueller Dissonanz gelingen konnte, die mithilfe eines kleinen Pendels einer Messung zugeführt wurde. Dieses kleine Perpendikel, ein rundgeschliffenes Kügelchen aus klarem Bergkristall an einem langen Frauenhaar befestigt, einer Reliquie der heiligen *Apollina von Alexandria* aus dem 3. Jahrhundert, musste von Zeit zu Zeit von einer Beihilfe über den Leichnam gehalten werden. Es amplifizierte subtile Signale aus dessen Inneren, die sich über Kugel und Haar auf den Haltenden übertrugen und dessen Hand im Falle einer Dissonanz zu einem minimalen Tremor anregten, der über die Schwingungen des Pendels sichtbar werden konnte. Erst wenn sich das Pendel zwischen Daumen und Zeigefinger des Assistenten für eine längere Zeit nicht mehr rührte, konnte der Totenheber seine Kontemplation beenden und mit der eigentlichen Arbeit beginnen. Doch dieser Zeitpunkt war noch lange nicht gekommen. Wie es schien, wollte dem Totenheber die Synchronisierung von Magda Fietichs Seele mit seiner eigenen nicht so recht gelingen, was ein Hinweis auf gewaltige Widerstände war, die einer spirituellen Öffnung der Verstorbenen entgegen standen. Offensichtlich wehrte sie sich, wollte sich nicht dem fremden Geist zuwenden, wollte vielleicht auch nicht den Bedingungen entsprechen, die dieser an sie herantrug und deren Erfüllung jedoch unerlässlich für den erfolgreichen Fortgang des Rituals waren. Und so lange dieser angespannte Schwebezustand anhielt, drang kein Laut aus dem Inneren der Kapelle in die Sakristei, während die Zeit stehenzubleiben schien.

—

Der Totengräber verharrte in seiner Position und lauerte. Er wagte es nicht, sich die wenigen Schritte bis zur Altartür vorwärts zu bewegen, da bereits sein Herzschlag sich wie donnerndes Paukengetöse seinen Weg durch die Grabesstille der Sakristei zu prügeln schien. Auch drang die sakrale Aura aus dem Inneren der Kapelle bis zu ihm hervor und wuchs an, je mehr er sich der Tür näherte, die den einzigen noch verbliebenen Schutz vor dem Totenheber, dessen Tun und dem Leichnam darstellte. Nur wenige Zentimeter alten Holzes trennten ihn ähnlich einer Doxale vom

Sakralraum, in dessen Obhut der geheime Ritus vollzogen wurde. Sein langsamer Atem durchstieß die stille Dunkelheit wie das Tosen eines sibirischen Wintersturms das Innere einer Vakuumglocke, wobei das Blut in seinen Adern wie die reißenden Fluten einer Gebirgsklamm seinen Körper durchströmte. Ihm schien, als würden alle in seinem Körperkern verborgen wütenden Lebensgeräusche durch seine pergamentartige Haut hindurch von der Stille der Sakristei in diese hinausgesogen und in vor den Altar der Kapelle geschleudert zu werden. Was, wenn man ihn entdeckte? Ihn, den heimlichen Lauscher und verfemten Späher hinter der Tür, dessentwegen die Exhumierung einschließlich der Leichenexamination mutmaßlich als notwendig erachtet worden waren, ohne dass jedoch nur ein einziges Wort der Beschuldigung an ihn gerichtet worden wäre. Allein die bloße Anwesenheit seines Antagonisten war schreiende Anklage genug, und der Totengräber wusste sehr genau, dass für ihn alles, sogar mehr als sein ganzes Leben, auf dem Spiel stand. Von daher machte es in der Tat keinen Unterschied, ob er unmittelbare Kenntnis von den Ergebnissen der Arbeit des Totenhebers erhielt und sich dabei dem Risiko der Entdeckung aussetzte oder ob er in der trügerischen Sicherheit des stillen Kämmerleins seines Hauses auf das Überbringen der vernichtenden Kunde wartete. In beiden Fällen wäre es sein Ende, nur konnte er hier, in der Sakristei, jene Gewissheit erlangen, die die unerträgliche Qual der sinnlosen Erwartung eines keinesfalls erfüllbaren Hauchs der

Hoffnung zu mindern vermochte. Und so verharrte der Totengräber in leicht gebückter Haltung und verfiel, getragen von den pulsierenden Vibrationen seines Herzschlags und betört von den seinen Körper durchdringenden Strahlen der sakralen Aura, wieder in einen Zustand der oberflächlichen Trance, in der er zwar nicht schlief, aber auch weit genug von der Wachheit entfernt war, um all sein Erleben und seine Gedanken als nur lose mit seinem Wesenskern verbundene Traumsequenzen von teils irrationalem Charakter vorbeiziehen lassen zu können.

Der Totenheber fuhr derweil mit der Freilegung der sterblichen Überreste der Magda Fietich fort, denn diese waren noch immer mit einer erheblichen Menge an Graberde vermischt, die sich nicht nur in allen

Hohlräumen zwischen den Knochen befand, sondern den gesamten Leichnam in Schichten so bedeckte, dass einzig die länglich-ovale Gestalt des verklumpten Gemenges an einen menschlichen Körper erinnerte. Eine Beihilfe reichte ihrem Meister die zur Freilegung benötigten Werkzeuge, bei denen es sich um kleine Schaber, Pinsel, Stecheisen und Spachtelchen handelte. Auch einige Tücher waren darunter sowie zwei Eimer aus versilbertem Zink, die der Aufnahme des aus dem Knochengerüst herausgeschabten Drecks dienten und deren Inhalt die Beihilfe von Zeit zu Zeit in einen etwas größeren Marmortrog auszuleeren hatte, der in früheren Zeiten als Taufstein gedient hatte. Ein anderer Kalfaktor war mit dem Ausleuchten des Arbeitsbereiches betraut, was mit Hilfe einer an langen Ketten befestigten Petroleumlampe geschah, die mit äußerster Sorgfalt über den Leichnam gehalten werden musste. Unendlich mehr Sorgfalt musste der Totenheber bei seiner filigranen Arbeit walten lassen, die er schweigend und in tiefer Versunkenheit zu verrichten hatte. Zwischen seinen langen, knochigen Fingern balancierte er mal ein Spächtelchen, mal ein Pinselchen, und trennte mit äußerster Präzision alle erdenklichen Arten von Fremdkörpern von den leiblichen Überresten der Toten. Eine Arbeit, die vor allem auch durch den Umstand sehr erschwert wurde, dass der Verwesungsprozess noch nicht allzu weit vorangeschritten war und noch großflächige Reste ledrigen Fleisches und zerfaserter Haut die Knochen bedeckten, sich stellenweise aber auch von ihnen abzulösen begonnen hatten. Auch waren abgefallene

Haut- und Fleischfetzen des Leichnams sowie Haare oder Fingernägel der Verstorbenen in den düsteren Lichtverhältnissen unter der Petroleumlampe nur sehr schwer von anhaftenden Erdklumpen oder verfaulten Resten des Sarges zu unterscheiden. Nichts davon, keinen noch so kleinen Partikel, durfte der Totenheber irrtümlicher oder unachtsamer Weise aus dem Leibesverbund entfernen und in den Abfalleimer werfen, denn das würde eine erhebliche Entehrung der Verstorbenen bedeuten. Bei jedem noch so winzigen Teilchen musste der Totenheber mit größter Sorgfalt entscheiden, welchen Ursprungs es war. Und so zog sich die Freilegung des Leichnams beträchtlich in die Länge. Der Totenheber stand über den aufgebahrten Leichnam gebückt und wurde assistiert von seinen Kalfaktoren in der Mitte der Kapelle, in der außer dem gelben Licht der Petroleumlampe und dem dunklen Schein einiger Kerzen kaum etwas zu sehen war, so sehr schluckten die traurigen Mauern das Licht. Dazu herrschte eine bedächtige Stille, die dann und wann vom Klappern der Eimer oder von leisen Schabgeräuschen durchbrochen wurde. Kein Wort durfte gesprochen werden, selbst das Atmen und der Herzschlag hatten so leise zu geschehen, wie irgend möglich.

Im Laufe der Zeit war es immer dunkler in der Kapelle geworden, da sich der Tag langsam dem Abend zuneigte und auch das wenige Licht, das in Spuren seinen Weg noch unter Mühen durch die mattierten Scheiben der Kapelle hatte finden können, zunehmend ausblieb. Nur noch sehr schemenhaft war die arbeitsame Szenerie zu erkennen: die drei unterschiedlichen Gestalten, der Altar mit dem dunklen Holzkreuz, das auf dem Kopf zu stehen schien, es bei genauem Hinsehen aber nicht tat, der schwarze Taufstein, die kleine Pieta in der Nische, davor die Bahre, und auf ihr, diesmal viel deutlicher als ein solcher zu erkennen, die Umrisse eines menschlichen Körpers mit Beinen, Armen, Rumpf und Kopf. Unermüdlich fuhr die kleine Gruppe mit ihrer konzentrierten Arbeit fort, wobei Magda Fietich mit der Entfernung der letzten Reste von Erde und Holz immer mehr Gestalt annahm, immer mehr daran erinnerte, was für ein Mensch sie zu ihren Lebzeiten gewesen war. Ihre Angehörigen hätten sie in dieser Phase der Leichenfürsorge ganz sicher erkennen können, wären aber aufgrund der fortgeschrittenen Verwesung ihres Körpers, vor allem aber wegen der Deformierung ihres Gesichts höchst verunsichert gewesen. Denn ihr Gesicht zeigte nicht nur die üblichen Spuren der Verwesung, wie etwa eine rissige Lederhaut oder vertrocknete, zerfressene Lippen, sondern offenbarte eine schreiende, geradezu entstellte Totenfratze mit weit aufgerissener Mundpartie und bedrohlich starrenden Augen, was nach allem Wissen keine Folge des Verwesungsprozesses sein konnte. Diese furchtbare Veränderung ihrer Mimik musste nach ihrem Tod, sogar nach ihrer Beerdigung eingetreten sein, das war allen Anwesenden mit einem Schlage bewusst.

Der Totenheber hatte die Freilegung des Körpers nach mehren Stunden endlich beendet und war beiseite getreten, um seinem geschundenen Körper eine kurze Weile der Erholung zu gönnen. Er wusch seine staubigen Hände in einem Weihwasserbecken und trocknete sie an einem Leinentuch ab, das ihm eine Beihilfe reichte. Anschließend kniete er vor dem Altar nieder, bekreuzigte sich mehrfach, senkte sein Haupt und verblieb mit gefalteten Händen in inniger Zwiesprache mit dem Göttlichen. So kniete der hagere Mann versunken in tiefer Demut auf den Granitstufen am Kapellenboden, während der Tag mehr und mehr verstrich. Die Beihilfen indes hatten sich mit ihrer gesamten Körperlänge auf dem harten Steinboden niedergeworfen und huldigten so der heiligen Tat ihres Herrn und dem durch seine Freilegung wieder in die Welt der Lebenden hineingeholten Leichnam. Der Totenheber und seine Beihilfen, alle verharrten sie in absoluter Stille und Reglosigkeit, bereiteten sich huldvoll auf das vor, was an rituellen Tätigkeiten von nun an noch vor ihnen lag. Denn an dieser Stelle des Ablaufs war jener Moment erreicht, von dem an es für keinen von ihnen jemals mehr einen Weg zurück geben würde. Und das galt für alle Beteiligten und Beiwohnenden in der Kapelle, es galt für den Totenheber, es galt für die Beihilfen, es galt ganz besonders für den im Verborgenen der Sakristei lauschenden Totengräber, der schon längst und ohne es zu wissen zum integralen Bestandteil der rituellen Szenerie geworden war, und es galt zu guter Letzt auch für Magda Fietich, die in Gestalt ihres jetzt vollständig freigelegten Totenkörpers ebenfalls so gegenwärtig war, wie sie es seit ihrem plötzlichen Tod und vielleicht sogar lange davor nicht mehr hatte sein können. Und allen im Kreise dieses heiligen Rituals war bewusst, dass der in Bälde zu entrichtende Preis, jene überschwere zu verteilende Last, unterschiedlich starke Schultern mit jeweils völlig unterschiedlichen Gewichten zu Boden pressen würde. Das war die schwere Bürde, die allen im rituellen Kreis auferlegt worden war und der sie alle in tiefer Demut ins Auge zu sehen hatten. Einzig der Totenheber blieb Herr des Geschehens. Er hatte zwar am meisten unter den Beteiligten von sich preiszugeben, konnte er sich daher aber auch am höchsten über diese erheben. Dies war der heilige Dienst, auf den er sich viele Jahre oder sogar Jahrzehnte lang unter eifriger Erduldung unvorstellbar schwieriger Exerzitien vorbereitet hatte.

—

Das helle Läuten eines kleinen Glöckchens erscholl. Das Läuten war einfach da, es erscholl mitten im Raum, doch niemand der Anwesenden hatte ein Glöckchen auch nur berührt, ja nicht einmal gesehen. Das hell tänzelnde Klingen durchbrach nicht nur die glockenförmige Stille, die den sakralen Innenraum der Friedhofskapelle seit dem Niederknien des Totenhebers überwölbt hatte, es war auch das Signal für den Fortgang des heiligen Rituals, für das

Fortführen der Arbeit, die von nun in die nächste, in die alles entscheidende Phase eintrat. Ohne dass man ihn sich aufrichten und an die Bahre herantreten hätte sehen können, stand die hagere und noch immer dunkel bemäntelte Gestalt des Totenhebers mit einem Male vor dem Kopfende des Leichnams. In einer Art kleinem Baptisterium hinter dem Altar belegte eine Beihilfe eine glühende Kohlenscheibe in der Brennkammer eines silbernen Turibulums mit einer Handvoll Klümpchen aus edelstem Olibanum, trat alsdann hervor und schwenkte das schwere Gefäß mit beiden Armen langsam hin und her. Dichter Weihrauch quoll hervor und begann sich vom Fußboden zur Decke hin auszubreiten, denn diese Sorte Räucherwerk gebar einen Rauch, der viel schwerer war als die Luft, so dass er von oben herabfallend in jede noch so kleine Pore einzudringen vermochte.

Weiter und weiter füllte der dichte Rauch die Kapelle aus, bildete eine für Licht immer schwerer zu durchdringende Nebelwolke, deren Gewicht so schwer auf die Lungen eines jeden atmenden Wesens drückte, dass jeder Atemzug zur Qual werden musste. Nur noch schemenhaft konnte die Ausstattung der Kapelle wahrgenommen werden, und selbst der Schall wurde vom Weihrauch wie durch dichteste Watte gedämpft. Der Totenheber und seine Beihilfen waren selbst aus allernächster Nähe kaum noch als menschenförmige Wesen zu erkennen, sie wären einem Beobachter nur als längliche Schatten von kegelhafter Gestalt erschienen. Als die Kapelle so sehr mit Weihrauch gefüllt war, dass aus der vom Qualm gesättigten Luft lauter schwarze Tröpfchen öligen Rußes hinabzufallen begannen, beendete die Beihilfe das mühevolle Schwenken des Turibulums und hängte es behutsam an einen Maurerhaken in der Wand. Erneut erscholl ein Glöckchen aus dem Nichts, dann traten die Beihilfen in einer Reihe an die Bahre heran, zogen ihre Kapuzen weit über die in inniger Andacht tief gesenkten Köpfe und hielten dabei ihre Augen fest geschlossen, um fortan nichts von dem sehen zu können, was nun zu geschehen hatte. Der Totenheber griff an die Spitze seines Filzhutes und entblößte ganz langsam sein Haupt. Zum Vorschein kam ein nahezu kahler Schädel, auf dem sich vereinzelte Haarbüschel in unregelmäßigen Abständen auf einer löchrigen Kopfhaut verteilten. In der Kopfhaut befanden sich hie und dort offene Stellen, nekrotische Läsionen, die vereinzelt den Blick auf die darunter liegenden Knochen des Schädels freigaben. Niemand durfte den Totenheber jemals ohne seinen Hut sehen, einem Insignum seiner Weisheit und Erhabenheit, daher hielten die Beihilfen ihre Köpfe ostentativ auf den Boden gerichtet. Der Totenheber trat einen Schritt näher an das Kopfende der Bahre heran, nahm eine gebückte Haltung ein, senkte sodann seinen Kopf immer tiefer und näherte sein Haupt so jenem des Leichnams, den er aus seinen tief in den grauen Knochenhöhlen versenkten Augäpfeln mit höchster Aufmerksamkeit betrachtete. Immer kleiner wurde der Abstand zwischen den beiden so ungleichen

Köpfen, dem bleichen, fast kahlen Schädel des Totenhebers oben und der entsetzlich verzerrten Totenfratze der Magda Fietich mit ihren wie im Todeskampf weit aufgerissenen Augen und dem schreienden Mund unten.

Der Totengräber beobachtete das Tun des Totenhebers sehr genau, war mit jeder Faser seines Körpers, mit jedem Impuls seines Geistes auf die

Handlungen seines Antagonisten fixiert, auch konnte er trotz des dichten Weihrauchs anhand der nunmehr scharf gezeichneten Umrisse des menschenförmigen Klumpens auf der Rollbahre zumindest erahnen, dass er eine ausgezeichnete Arbeit geleistet haben musste und sich der Leichnam noch in einem erwartbaren Zustand befand. Die Verwesung des Körpers als solche hatte er freilich nicht aufhalten, sie nur stark verlangsamen können. Sein handwerklicher Erfolg bestand vielmehr darin, den unvermeidlichen Verfall des organischen Leibes in eine gewünschte ästhetische Richtung gelenkt zu haben, was ihm, so war sein Eindruck, ausreichend gut gelungen war. Auch der Totenheber konnte sehr zufrieden sein, er hatte die sterblichen Überreste der Magda Fietich von allen störenden Fremdkörpern befreit und so in all ihrer Einmaligkeit freigelegt. Der Verwesungsprozess war bereits so weit fortgeschritten, dass Haut, Muskeln, Fettgewebe und Organe in weiten Teilen aufgrund von Dehydrierung und Bakterienbefall an Struktur verloren hatten. Alles Fleischliche bedeckte das fahl durchscheinende Knochengerüst nur noch in Form eines ausgetrockneten, pergamentartigen Belags, und gab stellenweise den Blick in die Körperhöhlen frei, wo einige der Organe in Brustkorb und Bauchhöhle als amorphe Klumpen zu erkennen waren, die entfernt an Fallobst erinnerten, das nach dem Ende eines langen Winters unter einer endlich aufgetauten Schneedecke zum Vorschein kommt. Die Haut ihres Antlitzes war von tiefen Rissen zerfurcht, blätterte an ausgewählten Stellen ab und gab die vertrockneten

Augäpfel frei, die lose in den Augenhöhlen umher kullerten. Die Nase hatte infolge der Schrumpfung ihrer Knorpel erheblich an Umfang verloren, und unter ihren von Fäulnis zerfressenen Lippen, die den weit zum stummen Schrei aufgerissenen Mund umrahmten, kamen zwei Reihen schwärzlich-fauler Zahnstümpfe zu Vorschein, zwischen denen die ledrigen Überreste einer Zunge klemmten. Ein großer Teil des Leichnams war noch mit jenen Leintüchern bedeckt, die der Totengräber damals im Frühjahr um die einbalsamierte Haut gewickelt hatte und die der Totenheber nicht entfernt hatte, um dem zerfallenden Leib noch ein Minimum an äußerer Versiegelung zukommen zu lassen. Die Leintücher schienen in einem besserem Zustand zu sein, als die darunter liegende Haut, was fraglos als ein Zeichen ihrer hohen Qualität gewertet werden konnte. Einige wenige Hautareale des Körpers, so etwa die Unterschenkel, Oberarme und die Flächen um die Schulterblätter herum, hatte der Totenheber weitgehend von den Leinen befreit, um sich vom Fortschreiten der Verwesung unterhalb der äußeren Schutzhülle zu überzeugen. Und tatsächlich, auch hier hatte die Arbeit des Totengräbers kaum zu wünschen übrig gelassen, da die von ihren Hüllen befreite Haut zwar sehr trocken und gelblich verfärbt, allerdings noch ausgesprochen elastisch war. Wie es schien, war der Leichnam noch weitgehend vollständig und intakt, zwar in Teilen erwartungsgemäß stark verwest, jedoch alles in allem noch integer genug, um die rituelle Totenfürsorge vollenden zu können.

Der Totenheber beugte sein Haupt noch tiefer hinab, so tief, dass die Entfernung zu Magdas Schädel nur noch eine knappe Handbreite betrug. Dort hielt er eine Weile inne, während der dichte Weihrauch eine Brücke zwischen allen Anwesenden zu bilden schien, diese wie ein schwereloser Schleier miteinander in Verbindung brachte. Ein sublimer, unmerklicher Ruck durchfuhr den hageren Leib des Totenhebers, der sein Haupt in den letzten trennenden Zentimetern soweit senkte, bis er mit seinen Lippen auf den Lippen des Leichenschädels ankam. Er umschmiegte mit weit geöffnetem Mund die komplette Gesichtsöffnung der Magda Fietich, verharrte für einen kurzen Moment in dieser Position, bevor er mit seiner langen Zunge durch ihren Mund hindurch bis weit in ihren Schädel hineinstieß. Er führte sein Mundorgan vorbei an den ledrigen Lippen, den brüchigen Zahnstümpfen, der vertrockneten Zunge bis weit hinab in die Kehle der Leiche, bis ihre Spitze die faserige Luftröhre erreichte. Dabei bespeichelte er ihre verwesten Körperareale, tränkte sie mit dem Sekret aus seinen Drüsen und spendete ihnen auf diese Weise den Keim der spirituellen Auferweckung, ähnlich dem rettenden Gießen einer ausgedörrten Pflanze. Der Totenheber spürte dabei nicht nur die unmittelbare Präsenz des erstarkenden Geistes der alten Frau, er schmeckte förmlich die gnadenvolle Wandlung einer verlorenen Seele in eine hyperphysische Entität. In dieser intimen Stellung verharrte das geisterhafte Paar aus einem hoch aufgeschossenen, zerbrechlichen Mann und einer verwesten, und daher ebenso zerbrechlichen toten

Frau, für mehrere endlos scheinende Minuten. Es war wohl der innigste Kuss, den Magda Fietich jemals empfangen durfte. Währenddessen herrschte in der Kapelle, in der Sakristei und auf dem weiten Areal des Friedhofs eine absolute Stille. Selbst der Wind hatte für die Dauer des Kusses aufgehört, zu wehen.

Der Totengräber erschauderte, ein kaltes Beben durchfuhr seinen Leib bis hinab in die Fußknöchel. Nie zuvor hatte er die Gelegenheit ergreifen können, bei diesem allerhöchsten, geheimsten und gleichsam intimsten Akt des Totenhebers im Verlaufe dieses höchst seltenen Rituals zugegen sein. Selbst in seinen geheimsten und kühnsten Phantasien hätte er sich niemals vorstellen können, dieses Ereignis jemals in seinem Leben mit eigenen Augen beobachten zu können. Unter keinen Umständen wäre es ihm auch nur annähernd in den Sinn gekommen, genau zu diesem Moment an genau dem Ort zu sein, an dem er sich gegenwärtig befand. Allerdings gab es nun weder

Zweifel noch die Möglichkeit einer Umkehr, denn er wohnte diesem sakramentalen Akt leibhaftig bei, den zu erleben jedem unbefugten Wesen strengstens verboten war, und konnte daher diese Tatsache kaum glauben, so unwirklich fühlte es sich für ihn an. Selbst die gesalbten Beihilfen waren unter Ableistung eines unbrechbaren Schwurs verpflichtet, sich während des heiligen Kusses vom Totenheber und einem Leichnam abzuwenden und mit tief gesenkten Köpfen bei geschlossenen Augen in Demut niederzuknien. Nichts und niemand durfte der heiligen rituellen Vereinigung des Totenhebers mit einer untoten Leiche sowie bei deren Erweckung zusehen, ja nicht einmal mit gebührendem Abstand zugegen sein. Es war eines der größten Tabus, das die Gemeinschaft kannte.

Von dem Moment an, an dem die Schreie der Gesichtslosen erschollen waren und das Ende der Totenruhe bis weit ins Dorf hinein verkündet hatten, hatte sich jedes menschliche Wesen in Ehrfurcht von der Kapelle zu entfernen und, sofern es sich selbst noch in der unmittelbaren Nähe des Friedhofes befand, ohne sich diesem gebührend weit entfernen zu können, eine huldvolle Haltung einzunehmen. Dies alles wusste der Totengräber nur zu genau. Und auch, dass er selbst es war, der sich Schritt für Schritt in diese prekäre Situation manövriert hatte, es überhaupt nicht anders hätte machen können, selbst wenn es sein innigster Wille gewesen wäre, er es also getan hatte, ohne dass es ihm so richtig bewusst geworden wäre, sich sukzessive in eine völlig ausweglose Lage hineinversetzt zu haben, die der logische Endpunkt und der fatalste Irrweg seiner Lebensreise zugleich war. Sein gesamter, nunmehr an seinem Ende angelangter Lebensverlauf, dieses unausweichliche Resultat von Myriaden aufeinander aufbauender kontingenter Entscheidungen und Ereignisse in einem Zeitraum ungezählter Jahrzehnte, erreichte seinen zwangsläufigen, in einer mehr als schicksalhaften Weise vorherbestimmten Kumulationspunkt in diesem einen Moment, da der Totengräber verborgen hinter dem Spalt der jetzt minimal geöffneten Sakristeitür verharrte und in einem Zustand der hingebungsvollen Paralyse und der hoffnungsvollen Heimlichkeit dem Spenden des letzten Sakraments an seine einstige Schutzbefohlene beiwohnte. Sein gesamtes Leben war von Geburt an auf diesen einen Moment hin ausgerichtet gewesen, das wusste er nun allzu gut, und er war dazu bereit, in tiefer Dankbarkeit zu empfangen, was ihm zugedacht war.

—

Die Zeit schien für alle Beteiligten stillzustehen. Für den Totengräber jedoch war eine Ewigkeit dahingeflossen, seitdem er sich vor die Tür gestellt und durch den kleinen Spalt das Geschehen im Inneren der Kapelle zu beobachten begonnen hatte. Alles und nichts hatte in diesen Stunden zugleich in seiner Seele stattgefunden, es war Krieg und Frieden,

Kampf und Versöhnung zugleich. Seine Lebenskraft war gleichzeitig erloschen und hatte sich von Grund auf erneuert, das Alte war verflogen, das Neue war entstanden, es war ein dialektischer Austausch gegensätzlicher Kräfte, der sich außerhalb der Sphäre seines Willens und seines klaren Bewusstseins als eine heilige Zwangsläufigkeit vollzogen hatte. Immer irrealer war dem Totengräber nicht nur die Welt um ihn herum geworden, sondern auch er selbst hatte sich unaufhörlich und schrittweise zu verlieren begonnen, schon seitdem die Exhumierung der Magda Fietich am Morgen ihren Anfang genommen hatte: sein Herzschlag, seine Atemzüge, das Rauschen seines Blutes in den Adern, seine Gedanken, sein Wissen, seine Gefühle, ja sogar seine sämtlichen Erinnerungen, Hoffnungen, Wünsche und Ängste - all dies hatte schon lange vor dem Betreten der Sakristei immer weniger zu ihm gehört, war ihm zunehmend fremdartig geworden, war Schicht für Schicht von ihm abgeblättert, unaufhaltsam entglitten, und wurde nun, so begann er zu spüren, aus dem ihn umgebenden Äther zu jenem Abschluss gebracht, der von dem nur für ihn vorgesehenen Anteil der Essenz des vom Totenheber gespendeten Sakraments des Totenkusses bestimmt wurde.

Urplötzlich blitzte ein Funken Bewusstheit in des Totengräbers Trance, denn sein Blick wurde von der Tür der Sakristei angezogen. Sperrangelweit stand sie offen, so dass sich der Totengräber, keine vier Schritte vom Totenheber und den Überresten der Magda

Fietich entfernt, vom heimlichen Zeugen in einen unmittelbar Mitwirkenden dieses Rituals verwandelt hatte. In den hintersten Regionen seinen Geistes, die rudimentären rationalen Erwägungen gerade noch zugänglich waren, wunderte es sich im Totengräber, weshalb die Tür nun plötzlich bis zum Anschlag offen stand und wie es überhaupt möglich sein konnte, dass ihm ihr Aufspringen entgangen war, obwohl er sehr lange und mit angespannter Aufmerksamkeit vor ihr gestanden und das Treiben in der Kapelle beobachtet hatte. Auch hatte sich mit dem Öffnen der Tür zum Kirchenschiff nicht nur das Wesen der Situation, sondern auch das des ehemals heimlichen Zuschauers von Grund auf verändert, was der Totengräber mit jeder Regung seines Geistes zu spüren begann. Voller Entsetzen nahm er wahr, dass all seine Befürchtungen eingetreten waren und er nun selbst in den Fokus des Rituals zu treten hatte. Während sich das mittlerweile stark fragmentierte Bewusstsein des Totengräbers ganz langsam, ähnlich einem zu befüllenden Becken, Schicht für Schicht mit den herabsinkenden Schleiern fremder Worte, Erinnerungen und Gedanken füllte, lenkten die verbliebenen Reste eines früheren Seelenlebens die nun ersterbenden Augen auf den hochgewachsenen Mann an der Bahre. Dieser hatte seinen schier endlosen Totenkuss inzwischen beendet, seine Zunge aus dem Rachen der Leiche wieder zurückgezogen, seinen alten Körper mühevoll wieder aufgerichtet, sein Haupt danach mit dem Hut bedeckt und sich der geöffneten Tür zur Sakristei zugewendet. Und so kam es, dass sich zwei Blicke zum ersten Mal im Rahmen des heiligen Rituals trafen. Blicke, die unterschiedlicher, antagonistischer nicht hätten sein können: Auf der einen Seite der bohrende, brennende, fordernde, ein jedes Fehlerhafte bestrafende Blick des erhabenen Zeremonienmeisters und Hohepriesters des heiligen Sakraments der Leichenfürsorge, auf der anderen Seite der langsam verblassende, verlöschende, alles erduldende und sich zugleich in kompletter Hoffnungslosigkeit aufbäumende wie hingebungsvoll kapitulierende Blick des sterbenden Lebens aufseiten jenes Mannes, der bis eben noch der Totengräber gewesen war.

Der Blicke nicht genug, hob der Totenheber langsam den rechten Arm empor und zeigte mit seinem knöchrigen Zeigefinger auf seinen bleichen Gegenspieler, der unter dem Türrahmen Stück für Stück in sich zusammensackte. Obwohl auch er von recht hochgewachsener Gestalt war, ging sein Körper in einem unaufhörlichen Prozess der Selbstauflösung zugrunde, fiel immer weiter in sich zusammen, indem seine Knochen, sein Gewebe und alles weitere organische Körpermaterial zunehmend an Struktur verloren, sich voneinander trennten, auseinander bröckelten und zerfaserten, wobei sich die äußere und auch innere Form des alten Mannes immer weiter aufzulösen begannen, zusammenschrumpften und schließlich als ein mit einem dunklen Mantel und nassem Filzhut bedecktes Häuflein auf dem Boden zum Liegen kamen. Nunmehr in Staub verwandelt, bedeckte der Leib des Totengräbers die steinernen

Bodenfliesen der Kapelle und war somit keine akzeptable Behausung mehr selbst für eine derartig gedemütigte Seele. Auf Geheiß des Totenhebers entfernte eine Beihilfe die schmutzige Kleidung des Totengräbers und fegte den zerfallenen Körper auf ein Kehrblech, von wo aus er vor der Tür der Sakristei dem Wind übergeben wurde.

Der Totengräber hatte seine Selbstauflösung, ganz im Gegensatz zu deren elementarer Bedeutung für sein Sein, nur ganz beiläufig wahrgenommen. Wohl konnte er den Verlust seiner physischen Integrität und die damit einhergehenden Schmerzen sublim erahnen. Schmerzen, die so heftig waren, dass sie ein gewöhnlich fühlender Mensch niemals würde ertragen können. Schmerzen, die denen einer Häutung, Pfählung, Räderung oder Estrapade gleichkamen, wie man sie als Produkte des zu allen erdenklichen Grausamkeiten fähigen menschlichen Geistes nicht nur zu früheren Zeiten an Delinquenten oder Ausgestoßenen vollzogen hatte. Anders der sterbende Totengräber, dessen Geist mit äußerster Konzentration auf etwas völlig anderes fokussiert war. In einer Mischung aus blankem Entsetzen und ekstatischer Verzückung erlebte er seine Transsubstantiation, seine irreversible Freisetzung aus seiner zerbrechlichen irdischen Körperhülle, die es nun zugunsten einer andersartigen Wesensform abzustreifen, zu verlassen galt. Während seines langsamen Todes, der in diesem besonderen Falle nichts andres als eine Art Übergang war, konnte er alles um sich herum wahrnehmen, den

Totenheber, die Gehilfen, den Weihrauch, die Bahre mit den Überresten der Magda Fietich, den Altar, die Glocken, den Friedhof, die Dinge in der Sakristei, den Apparat mit den Greifarmen, das Wäldchen, einige Vögel und vieles andere mehr. Alles war um ihn herum und gleichzeitig in ihm. Er wurde zerstört und er war es seit jeher selbst gewesen, was ihn zerstörte - eine bittere Erkenntnis, die ihm in diesen letzten Augenblicken seines Lebens bewusst wurde. Warum hatte er nicht bereits früher davon erfahren, fragte er sich belustigt, warum nur brauchte es ein ganzes Leben, um im Tod den früheren Irrweg zu erkennen?

In gewisser Weise erlebte er sich nun als von einer erheblichen Last, einer schweren Bürde erlöst, ebenso vergegenwärtigte er, auch ohne seinen Körper weiter existieren zu können, was als Totengräber zwar stets zum Grundwissen seines Gewerkes gehört hatte, jetzt aber, im Zuge des eigenen Erlebens, eine völlig andere Qualität erlangte. Fast schon freute er sich über diese ganz neue, seltsame und auf den ersten Blick auch unbegrenzte Freiheit, überall sein, alles erleben und erfahren zu können. Entledigt von der Mühsal seines gealterten Körpers als zerbrechliches Gefäß vollgefüllt mit aufsummierten, konservierten Gedanken, Massen an angesammelter Schuld und Unreinheiten, glaubte er sich erlöst von aller angestauten Pein eines ins Stocken geratenen Lebens zu sein. Doch kaum hatte er begonnen, seine komplett neuartige Wesensform in hingebungsvoller Demut und freudiger Dankbarkeit anzunehmen, die vergeistigende Befreiung als längst überfällige Erlösung feiernd zu begrüßen, schlich sich etwas Fremdes in sein neugeborenes geistiges Erleben hinein. Erst klopfte es zaghaft an, kratzte schüchtern an der schützenden Tür, versuchte danach jedoch immer stürmischer, sich Gehör und Achtung zu verschaffen. Aus verhaltenen Berührungen wurden rempelnde Stöße, danach heftige Schläge, wütende Hiebe, schließlich die brutale Vergewaltigung, die totale Entrechtung, die endgültige Erniedrigung und unumkehrbare Besitzergreifung. Wie kalte Hände aus vernichtender Dunkelheit griff es nach ihm, drang erbarmungslos immer tiefer in sein zartes neues Wesen ein, riss, zerrte und rüttelte ungeduldig an den ätherischen Fasern seines fragilen Seelenleibes. Das Fremde ergriff stürmisch Besitz von ihm, füllte ihn immer weiter aus und verwies die Reste seines feinstofflichen Leibes entwürdigt in die finstersten Ecken seiner neuen Struktur.

Mit der unermesslichsten Verzweiflung, zu der ein fühlendes Wesen zu fühlen in der Lage ist, erlebte er den Verlust seiner Autonomie und Integrität. Das Fremde hatte sich seiner bemächtigt und bestimmte fortan sein gesamtes Tun und Fühlen. Nur in einem ganz kleinen hinteren Winkel seiner Seele, in einer in ihrer Winzigkeit kaum ins Gewicht fallenden Ecke, die eher aus Gründen des Zufalls dem Zugriff des besitzergreifenden Wesens entzogen war, fanden die letzten Reste seines Bewusstsein, seines Willens und seiner Erinnerung eine fragile Zuflucht, wo sie aus verzweifeltem Selbstschutz immer häufiger in die glücklichen Zeiten der frühesten Kindheit jenes Menschen, der eines Tages der Totengräber werden sollte, regredierten. Ehe er sich versah, nahm ihn der Invasor sodann mit auf den Weg, führte ihn am Totenheber und seinen Beihilfen vorbei an die Bahre mit dem Leichnam. Ganz genau konnte er dabei die runzligen Gesichtszüge des Totenhebers erkennen, der ihm mit seinen tief unten am Grund knöchriger Augenhöhlen befestigten Augäpfeln und grimmiger Mine verfolgte. Voll der tiefsten Bestürzung fiel sein Blick auf die Leiche der Magda Fietich, diesmal aus einer Perspektive, die vormals nur der Totenheber hatte einnehmen dürfen. So nah war er dem Körper der alten Frau nur damals im Frühsommer gewesen, in jener durcharbeiteten Nacht, als er das tote Fleisch nach allen Regeln der Kunst auf die ewige Ruhe vorbereitet hatte. Doch dieser Körper hatte sich nun grundlegend verändert. Diese höchst bedeutsame Beobachtung bezog sich nicht auf die Verwesung als Folge des natürlichen Zerfalls nach dem Begräbnis, sondern auf den Brustkorb der Leiche der Magda Fietich. Aus allen möglichen Löchern und Poren in der vergilbten Haut hatte sich eine zähe, dunkelgraue Substanz gepresst, die in langen Fahnen aus dem Körper gedrungen war. Eine nicht unerhebliche Menge Ektoplasma hatte den Leichnam verlassen, die Verdinglichung der stürmischen Flucht von Magdas ruheloser Seele aus der abgestorbenen Fleischhülle. Der Totenheber hatte ihr den Weg gewiesen, ein verschlossenes Tor geöffnet, ihr einen Raum möglicher Alternativen zur Entscheidung zugewiesen. Der gedrungene, geknechtete, schon zu körperlichen Lebzeiten von jeder Fürsorge, Liebe, Freude und Zuversicht entfremdete ätherische Seelenkeim, der eine melancholische bis hasserfüllte und von Geburt an ihres eigenen überflüssigen Lebens überdrüssige Frau zu einer durch den Alltag wandelnden Untoten gemacht hatte, fand nach dem Totenkuss endlich aus dem verwesten Leib hinaus und kreiste hektisch wie ein plötzlich an seinem Mundstück losgelassener Luftballon um die Protagonisten in der Kapelle, bevor er die Geistsubstanz des Totengräbers wiedererkannte und sich an sie klammerte. Was der Totenheber bereits von Anfang an mit Sicherheit gewusst hatte und was in der langen Ausbildung der Kunst der Totengräberei aus Gründen törichter Nachlässigkeit seit jeher kaum Berücksichtigung gefunden und daher im Bewusstsein des Totengräbers anfangs nur als ein vager Verdacht, als mystischer Aberglaube aufzukeimen begonnen hatte, war in Wahrheit das Resultat der unauflösbaren Verbindung zweier Seelen als Folge jener postmortalen Intimität, die der Totengräber der Magda Fietich vergangenen Juni in seiner Wohnwerkstatt hatte angedeihen lassen. Ohne dass er es hätte wissen können, hatte er damals aus Versehen und Nachlässigkeit einen übermächtigen Kontrakt geschlossen, dessen lange anstehende Erfüllung nun samt Zins und Zinseszins geschehen war. Es war die innige, hingebungs- und liebevolle Behandlung gewesen, die der Totengräber in der stolzen Ausübung seiner alten Handwerkstradition dem Leichnam der alten Frau im Frühsommer hatte zukommen lassen, die ihren noch voller Verbitterung im toten Leib festsitzenden Seelenkern angesprochen und in Versuchung geführt hatte. Wie ein gefangenes Tier hatte es vorsichtig die Umgebung zu erkunden begonnen und den im Nebenzimmer schlafenden Diener entdeckt und sich in der Hoffnung auf seinen späteren Vorteil mit ihm verbunden. Und das, was eine Lebenszeit lang tief in Magda Fietich gewohnt hatte, wusste nach seiner Befreiung aus dem zerfallenen Leib nur eine Richtung, nur eine Lösung, kannte nur ein Ziel, nur eine Zuflucht, von der es magnetisch angezogen wurde, nämlich die ewige Fortschreibung einer dahingedämmerten Ewigkeit in verdammter Düsternis und versklavter Zweisamkeit.

Und so zog es den dämonischen Parasiten und seinen bis nahe an den Rand der Selbstauflösung geschwächten Wirt wieder zurück zum ehemaligen Grab. Langsam schwebte der ätherische Klumpen durch das Kirchenschiff am Totenheber vorbei, der ihm wissend nachschaute, dann durch das Portal, weiter über die Kieselsteinchen des kleinen Weges zwischen den Grabmalen, Epitaphen und Hecken hin zum geöffneten Grabesloch, an dessen Rand noch das am Morgen verwendete Werkzeug lag und wo der Apparat noch immer voller Geduld der Erledigung weiterer Aufgaben harrte. Es war schon weit nach Sonnenuntergang, als die beiden so unglücklich miteinander verzahnten Seelen in die dunkle Tiefe des Friedhofsbodens herabsanken und in der feuchten Erde zum Liegen kamen. Kurz darauf kehrten der

Totenheber und seine Beihilfen zum Grab der Magda Fietich zurück. Alle waren so sehr erschöpft, dass sie Kälte und Nässe des noch immer unablässig fallenden Nieselregens nicht mehr wahrnahmen. Ihre Gedanken verharrten noch bei den Ereignissen in der Kapelle, die selbst an einem Mann wie dem Totenheber tiefe Spuren hinterlassen hatten. Jeder der Beihilfen entnahm der Werkzeugtruhe eine Laterne, entzündete sie und hielt sie zur Ausleuchtung in die Höhe. Der Totenheber schaute kontemplierend auf den Grund des Grabes, von dem er sehr genau wusste, dass es trotz der Exhumierung am Morgen wieder mit den Überresten menschlichen Lebens gefüllt war, diesmal jedoch solchen von nicht-sterblicher Natur. Nach einer Weile der Versunkenheit erhob der Totenheber seinen linken Arm zu einer Geste, in der er seine nach oben halbgeöffnete Hand langsam himmelwärts führte. Damit war für den Apparat die Anweisung zum Verschütten und Verschließen des Grabes gegeben. Ein Ruck fuhr durch den tonnenförmigen Korpus und die Greifarme, die sich daraufhin in Bewegung setzten und tief in den kleinen Haufen ausgehobener Erde fuhren. So umfassten sie eine größere Menge Erde, die sie anhoben und vorsichtig im Grab ablegten. Diesen Vorgang wiederholte der Apparat so lange, bis das Loch aufgefüllt war. Letzte Erdreste, die der Apparat nicht mehr zu greifen vermochte, wurden von den fleißigen Beihilfen auf das Grab geschaufelt. Anschließend wurde die Schieferplatte sowie das Grablicht mit der noch immer munter tänzelnden Flamme an ihren früheren Bestimmungsort gestellt.

Der Totenheber und seine Beihilfen formierten sich zu einer Reihe, verweilten noch eine Viertelstunde in tiefer Andacht vor dem Grab, bevor sie sich verneigten und in einer stillen Prozession den Friedhof verließen. Unklar blieb indes, ob sie den Friedhof tatsächlich verlassen haben, denn ein Beobachter hätte nur wahrnehmen können, wie sich einige nur mit Mühe aus der undurchdringlichen Dunkelheit und dem Nieselregen herausschälende Menschenkegel wie schwebend auf die Friedhofspforte zubewegten und kurz vor deren Erreichen verschwanden. Niemand konnte also sicher behaupten, dass der Totenheber den Friedhof tatsächlich verlassen hatte und nicht noch immer dort zugegen war.

Die sterblichen Überreste der Magda Fietich indes wurden am Tag nach ihrer Exhumierung in einer Wandnische der Krypta der Kapelle eingemauert. Sie konnte aus dem einfachen Grunde nicht beerdigt werden, weil es keinen Totengräber mehr gab und nur Totengräber mit der Grablegung Verstorbener betraut werden durften. Man musste also warten, bis wieder ein Totengräber seine Dienste zur Verfügung stellen konnte. Die Aussichten darauf waren schlecht, was nicht zuletzt auch dem Schicksal des früheren Totengräbers geschuldet war, das sich trotz aller gebotenen Verschwiegenheit schnell in den Dörfern herumsprach. Und so begann eine Zeit der Karenz, in der die Toten nicht beerdigt werden konnten und sich so lange in der Krypta der Kapelle zu stapeln begannen, bis endlich ein neuer Totengräber gefunden

war, der die vielen Leichen beerdigte und das Dorf
außer vom unerträglichen Verwesungsgestank auch
von den vielen unerklärlichen Phänomenen befreite,
die das Leben der Menschen wieder arg in ihren
Bann gezogen hatten.

Das Gespenst

Jahrzehnte später stand eine Frau an der Gabelung hinter der Kapelle, wo sich der Friedhofsweg in zwei kleinere Wege aufteilte, die jeweils in eine andere Richtung führten. Der eine einem kleinen Fichtenhain weit hinter der schier endlosen Ansammlung von Gräbern entgegenstrebend, der andere sich der stillen Ewigkeit steinerner Gräberfelder entgegenstreckend, beide sich aber, von blassbläulichen Luftspiegelungen und Nebelfetzen bedeckt, verlierend in der Weite des mittlerweile weit über seine früheren Grenzen hinaus gewachsenen Friedhofs, Stegen in einem Meer des Todes gleich, welche sich weit in die stillen Fluten hinein erstreckten, um sich dort in endloser Trauer zu verlieren. Der Sage nach, die sich die wenigen Besucher dieses unheimlichen Ortes seit Generationen von Ohr zu Ohr zuflüsterten, sollte es dort umgehen, das Gespenst, das einem einsamen Trauernden mal als ein wehender Schleier, mal als ein zerbrechlicher Greis, ein anderes Mal als eine verführerische junge Frau, machmal aber auch nur als vom Winde getriebener Sand zu erscheinen pflegte.

In Wirklichkeit aber war diese Erscheinung nicht etwa ein Gespenst, sondern es war stets der Trauernde selbst, der sich von seiner Hoffnungslosigkeit, seinem Gram und seinem Schmerz getrieben, in der schier überwältigenden Unendlichkeit der Gräberfelder rund um die kleine Kapelle verloren hatte und dabei, gefangen in der Allgegenwart dessen, was nicht mehr Leben war, in rastloser Paralyse so sehr im Labyrinth der Kieselwege von seinem ursprünglichen Weg abgekommen war, dass er sich unmerklich in seiner Verzweiflung in die Düsternis projiziert hatte, einem verlorenen Schatten gleich, und sich, da ihm die schleichende Duplikation seines Selbst in der manischen Ruhelosigkeit des rastlosen Wanderns durch den Totenacker entgangen war, von seinem gegenwärtigen Standpunkt aus sich selbst ähnlich einem Gespenst umher wandeln sah.

Die Frau hielt einen kleinen Blumenstrauß in ihrer Hand, den sie hübsch auf dem vor ihr liegenden Grab zu drapieren gedachte, in stiller Andacht an einen lieben Verstorbenen. Die Schwester des Totengäbers war sehr alt geworden, mittlerweile selbst dem Tode nah, und hatte es erst viele Jahrzehnte nach der Exhumierung der Magda Fietich gewagt, jenen Ort aufzusuchen, an dem ihr Bruder sein vorläufiges Ende gefunden hatte. Nun stand sie da, frierend und voller Angst, blickte nach unten auf des schmucklose Grab, auf dem keine Bepflanzung, ja nicht einmal wertloses Unkraut oder einfache Flechten zu gedeihen schienen. Vor ihr befand sich lediglich eine kaum auffällige rechteckige Fläche gefüllt mit alter Erde und einem verwitterten Grabstein am Kopfende. Weit und breit war sie der einzige Mensch auf diesem Friedhof, doch trotzdem fühlte sie sich beobachtet, von bohrenden Blicken durchlöchert. Ihr war, als hörte sie ein leises Flüstern, das mal flehentlich, mal fordernd, dann fast schon befehlend aus einer unbekannten Quelle in ihr Ohr drang. Etwas Instinkthaftes in ihr riet ihr zu fliehen, diesen Ort der Verdammnis zu verlassen, doch viel zu lange hatte sie gewartet, viel zu weit war sie gereist, um diese lange aufgeschobene Läuterung jetzt so hastig abzubrechen. Und so blieb sie standhaft an ihrem Platz vor dem Grab und versuchte, dem Untoten, das argwöhnisch und angetrieben von Hass und rasender Verachtung um sie herum schlich, zu widerstehen. Auch als ihr leicht schwindelig zu werden begann, lenkte sie ihre Gedanken an ihren Bruder, den Totengräber, bei dem sie nur in Tagen ihrer früheren Kindheit eine kurze Gelegenheit gehabt hatte, ihn kennenzulernen. Ein kurzes Gebet kam ihr über die Lippen, auch einige Fürbitten, dann legte sie den Blumenstrauß auf das Grab. Während sie sich dazu herabbeugte, dröhnten die unsichtbaren Stimmen immer wilder, immer lauter, immer eindringlicher. Es waren Stimmen wie flehende Hände, die unablässig nach ihr griffen, sie förmlich bis auf den Grund des Grabes hinabziehen wollten. Für einen kurzen Augenblick glaubte sie, ihr Bewusstsein, ja sogar ihr Leben mit einem Schlage zu verlieren, mobilisierte alle Lebenskräfte und kehrte augenblicklich zurück in die trübe Gegenwart. Als sie sah, dass die Blümchen des Straußes verwelkt und zerfallen waren, riss sie ihren Körper herum und floh wie ein angeschossenes Reh vor den tödlichen Schüssen seines erbarmungslosen Jägers.

Magdas Martyrium

Eine kleines Reihenhaus in einer Seitenstraße im Lübecker Stadtteil Sankt Jürgen, darin eine kleine Familie mit Vater, Mutter, Tochter. Das Häuschen lag im Schatten größerer Mehrfamilienhäuser inmitten einer standardisierten Reihenhausbebauung, die man in den 1960er Jahren zur Schaffung von bezahlbarem Wohnraum mutig aus dem Boden gestampft hatte.

Familie Fietich wohnte in der Kalandstraße, einer Nebenstraße der verkehrsreichen Hüxtertorallee, in der man nur wenige Wochen zuvor während der Bauarbeiten zur Erneuerung des Regenwasserkanals auf einen historischen Friedhof gestoßen war. Die unfassbare Anzahl von über 50.000 Menschen war zu früheren Zeiten auf dem riesigen Areal bestattet worden, bevor man den Friedhof samt seiner Kapelle offensichtlich geschliffen und zugeschüttet hatte, wonach der riesige Totenacker im Laufe der träge dahinfließenden Geschichte vergessen worden war. Sankt Jürgen war ein in Teilen recht moderner Stadtteil mit vielen Einkaufsmöglichkeiten, Schulen, einer hervorragenden Verkehrsanbindung und sogar einigen ausgedehnten Parkanlagen, in denen sich recht angenehm die Zeit vertreiben ließ - ganz zu schweigen vom idyllischen Flüsschen Wakenitz, das in unmittelbarer Nähe und stellenweise von wilder Natur umwachsen durch den Stadtteil mäanderte. Nichts erinnerte mehr an das, was sich vor langer Zeit in der

Gegend um die heutige Hüxtertorallee befunden oder abgespielt hatte. Nicht nur erinnerte nichts mehr an den alten Dorffriedhof mit seiner kleinen Kapelle, es wusste auch niemand mehr davon, und wer vielleicht mal etwas darüber gewusst haben mochte, hatte in aller Regel nichts mehr davon wissen wollen und daher geschwiegen. Dies alles war so lange ohne Bedeutung geblieben, wie sich das bürgerliche Leben in der kleinen Seitenstraße in Sankt Jürgen ohne nennenswerte Auffälligkeiten abspielen konnte, wie es seinen gewohnten Gang innerhalb der soliden Bahnen der altbekannten Gesetzmäßigkeiten und Gewissheiten gehen konnte, wie die Dinge und Gegebenheiten des mehr oder weniger gleichförmigen Alltags, je nach zeitlicher Perspektive, in einer vorhersagbaren oder einer rekonstruierbaren Art und Weise funktionierten, ohne dass es je zu größeren Unstimmigkeiten, Inkonsistenzen oder gar Widersprüchen gekommen wäre. Doch genau das war eines schönen Tages im ausklingenden Winter der Fall geworden, weshalb die unheilvolle Geschichte dieses Ortes wieder eine gewichtige Bedeutung erlangen konnte, was den Beteiligten zunächst freilich nicht bewusst war, weil sich die betreffenden Ereignisse anfangs nur sehr schleichend in das Leben der Familie Fietich gedrängt, danach aber um so bösartiger zugeschlagen hatten. Das Vergessene hatte also nur geduldig unter den Häusern der Menschen in St. Jürgen gelauert, bis es eines Tages die Gelegenheit ergreifen konnte, in das Leben der Leute einzusickern, um so zu neuer Stärke heranzuwachsen.

Gigantischer historischer Friedhof gefunden

von **Frank Spatzier** 20. Juni 2023

Es ist der Stoff, aus dem Gruselgeschichten sind: Bei Baumaßnahmen am Regenwasserkanal durch die Lübecker Entsorgungsbetriebe stießen die Arbeiter auf die Überreste eines früheren Friedhofs, der sich unter dem Gebiet der heutigen Hüxterorallee in Höhe des Herrmann-Hesse-Parks befindet. Ein Friedhof mit überraschend großen Ausmaßen: Auf einer Fläche von über 8.000 Quadratmetern wurden im Zeitraum zwischen 1639 und 1868 über 50.000 Menschen bestattet. Dort, wo sich heute neben Grünanlagen auch einige Wohn- und Geschäftshäuser befinden, liegen offensichtlich tausende Tote nur wenige Meter tief unter der Erde.

Um den unheimlichen Fund archäologisch dokumentieren zu können, wurden die Arbeiten am Regenwasserkanal zunächst eingestellt. Wie lange die Arbeiten unterbrochen werden müssen, ist nach Angaben der Stadt Lübeck noch nicht bekannt. Nach ersten Erkenntnissen wurde das Areal vor dem Mühlentor, das früher noch im Außenbereich der Stadt gelegen hatte, dem Armenhaus des St. Annen Klosters als Begräbnisstätte überlassen.

Bisher wurden im Zuge der archäologischen Untersuchung zwei Dutzend Gräber mit zerfallen Särgen und menschlichen Skeletten untersucht. Doch bei über 50.000 zum Teil dokumentierten Bestattungen muss selbstverständlich davon ausgegangen werden, dass weite Teile des Gebiets um die Hüxtertorallee in der Nähe des Mühlentors nicht weit unterhalb der Erdoberfläche von verwesten Leichen durchsetzt sind.

Skelette (Symbolbild; FS)

Quelle: https://fs-news.de/gigantischer-historischer-friedhof-gefunden

Alles begann Ende Februar mit Katrin, der sechzehnjährigen Tochter, einem durchschnittlichen Teenagermädchen, das sich, abgesehen von einer etwas zu stark ausgeprägten Schüchternheit, in keiner erkennbaren Weise von den anderen Mädchen ihres Jahrganges unterschied. Kurz, sie war im Grunde so, wie die meisten Jugendlichen aus ihrer Klasse waren, was sich jedoch im besagten Februar ziemlich schnell und vor allem sehr nachhaltig ändern sollte. Zunächst litt sie vermehrt unter verstörenden Alpträumen, die sie nachts immer häufiger aufwachen ließen, was sie meist so sehr verängstigte, dass sie danach nicht mehr einschlafen konnte. Immer wieder versuchten die besorgten Eltern ihre weinende Tochter zu trösten, nachdem sie schreiend aufgewacht war und vor Angst zitternd auf der Bettkante saß. Im Laufe weniger Wochen nahmen Katrins Alpträume an Häufigkeit und Heftigkeit zu, so dass das geplagte Mädchen unter erheblichem Schlafmangel zu leiden begann und vom Hausarzt krankgeschrieben werden musste. Weil sich der Zustand nicht besserte, konsultierte man in der wachsenden Verzweiflung immer weitere Ärzte und Therapeuten, doch niemand konnte helfen, weder Gespräche noch Medikamente vermochten die quälenden Träume des armen Mädchens zu lindern. Katrin ging es immer schlechter. Sie verlor jedes Interesse an den Dingen, für die Jugendliche in ihrem Alter gewöhnlich eine Leidenschaft zu entwickeln pflegten, auch kam ihr jede Lebensfreude abhanden, sie wurde zunehmend apathisch, dazu noch immer blasser und verlor rapide an Gewicht. Ihre armen Eltern waren in derart großer Sorge um Katrins körperliche und seelische Gesundheit, dass sie keine Augen für die vielen kleinen im Alltag auftauchenden Unstimmigkeiten hatten, die sich erst langsam, dann mit immer größerer Kraft in das Leben der Familie einschlichen. Die Eltern konnten den vielen teils sehr filigranen Phänomenen in ihrem Haus einfach keine Beachtung schenken, obwohl sie sich des Öfteren über die ein oder andere Sonderbarkeit wundern mussten, diese jedoch mit einfachen Alltagserklärungen abtaten. Wenn sie sich, was im Laufe des Februars immer häufiger vorkam, etwa wie von bohrenden Blicken angestarrt fühlten oder gar das Gefühl hatten, nicht alleine in einem leeren Zimmer zu sein, waren die angespannten Nerven stets eine gern bemühte Begründung. Auch das eindringliche Flüstern, das Petra Fietich oft zu hören glaubte, wenn sie alleine im Keller die Wäsche zum Trocknen aufhing, ließ sich in der Regel recht einfach als Folge der nur allzu verständlichen Anspannung und Sorge infolge der Erkrankung der Tochter abtun - eine wunderbare Begründung, die sich auch auf die sich häufenden Fälle verschwundener und an völlig abwegigen Orten wieder aufgefundener Gegenstände anwenden ließ. Man war einfach unkonzentriert oder *neben der Spur*, redete man sich ein, wenn der Wäschekorb nach langem Suchen nicht im Schlafzimmer, sondern in der Garage, der Schlüsselbund nicht an der Garderobe, sondern in der Badewanne gefunden wurde. Diese Bagatellisierung seltsamer Vorfälle war zumindest in den ersten Februarwochen eine gut geübte Praxis innerhalb der Familie, mit der Zeit jedoch glaubte Petra Fietich, das eingebildete Geflüster immer lauter zu hören und daher selbst an einer progredient verlaufenden Erkrankung zu leiden. Ihrem Ehemann Ralf ging es nicht besser, auch er litt unter dem seltsamen Geflüster, fühlte sich unentwegt beobachtet und hatte häufig das Gefühl, sich nicht alleine in einem Raum zu befinden, auch wenn außer ihm offensichtlich niemand anderes zugegen war. Und so logen sich die Eltern verzweifelt durch die vielen düsteren Tage des ausgehenden Winters, verdrängten und verleugneten das Offensichtliche, während die Tochter vor ihren Augen zusehends von ihren Alpträumen aufgezehrt wurde, als Teenager verblasste und auch körperlich rapide zu verfallen begann.

—

Es war mal wieder soweit. Um zwei Uhr nachts saßen Ralf und Petra in trauriger Routine auf dem Bett ihrer Tochter, die sie zwischen sich genommen hatten und zu trösten, zu beruhigen versuchten. Petra hatte ihren Arm um Katrins Hüfte gelegt, während Ralf mit einer Hand ihre Hände hielt, den anderen Arm um ihre Schulter geschlungen hatte und die üblichen sinnlosen Worte der Beschwichtigung sprach. Katrin war nur noch ein unscheinbares Häufchen Elend, kaum mehr zu erkennen zwischen den Körpern ihrer Eltern, ein blasses, spindeldürres Mädchen mit pickelig-fettiger Haut, dünnen Haaren, zerbrechlichen Gliedern und einem ehemals zarten Allerweltsgesicht, auf dem das fortwährend erlebte Entsetzen bereits begonnen hatte, die latente Ausdruckslosigkeit mit tieferen Falten der Furcht zu überschreiben und sich so unauslöschlich in die jugendlichen Gesichtszüge einzubrennen. Noch vor einem Jahr war Katrin ein zwar schüchterner, aber im Grunde weitgehend durchschnittlicher Teenager gewesen, der sich für Stars, Pferde und coole Jungs begeistern konnte. Jetzt aber saß dieses arme Mädchen mal wieder zusammengekauert zwischen ihren Eltern auf der Bettkante und heulte Rotz und Wasser, während weder sie noch ihre Eltern den Hauch einer Ahnung davon hatten, ob und wo das alles eines Tages enden würde.

Obwohl sie ihren Eltern unbedingt von ihrem Traum berichten, ihnen das unbeschreibliche Grauen mitteilen wollte, das sie kurz zuvor noch durchleiden musste, bekam sie kein einziges Wort heraus, war nur zu rudimentären Glucks- oder Grunzlauten fähig, so sehr kreisten die ätherischen Erlebnisse noch durch ihren mädchenhaften Kopf, wo sie im Begriff waren, alle kindlichen Regungen, jede Form der unbedarften Freude und Unbekümmertheit, ein für allemal auszulöschen. Schon längst hämmerten die Alpträume auch durch Katrins Geist, wenn sie wach war, dann jedoch getarnt als Erinnerungen an die Visionen vergangener Nächte, die aufgrund ihres veritablen Eigenlebens kognitiv derart vereinnahmend waren, dass eine willentliche Verhaltenssteuerung unmöglich wurde. Dann saß Katrin zumeist apathisch und mit weit aufgerissenen Augen auf dem Toilettensitz, am Küchentisch oder vor dem Fernseher und starrte regungslos vor sich hin, während ihr nicht selten der Speichel aus dem Mund floss oder sie sich einnässte.

Trotz ihres schmächtigen Körpers übertrug sich Katrins heftiges Zittern auf Vater und Mutter, so wie sich das Leid eines geliebten Kindes besonders dann auf sich sorgende Eltern zu übertragen pflegt, wenn sich diese ihre schiere Machtlosigkeit angesichts einer übermächtigen Notsituation eingestehen müssen. Auch Ralf und Petra zitterten, als sie spürten, dass ihr Kind noch zu sehr von seinen Träumen eingenommen war, um sich auch nur ansatzweise artikulieren oder die Kontrolle über seinen Körper erlangen zu können. Sie waren gewohnt abzuwarten, bis sich Katrin wieder so weit gefangen hatte, um einigermaßen zugänglich für ihre fürsorgliche Zuwendung zu sein. Doch diesmal war es anders, dieses Mal schienen die Nachbeben ihrer Träume viel länger anzudauern und wollten einfach kein Ende nehmen. Das gepeinigte Mädchen zitterte unaufhörlich, heulte in einer Tour, Rotz und Schnodder flossen ohne Unterlass aus Katrins Nase, während sie mit weit geöffneten Augen in ihr Zimmer starrte und dabei etwas zu fixieren schien, das wohl nur sie sehen konnte. Immer wieder wollte sie etwas mitteilen, ihre Eltern auf etwas hochgradig Wichtiges oder Bedeutsames hinweisen, brachte dabei jedoch keine auch nur ansatzweise verständliche Silbe hervor, sondern stammelte nur unverständliche Laute, deren rhythmischer Duktus an die verstümmelten Rufe niederer Primaten erinnerte. Immer wieder setzte sie zum Sprechen an und zeigte aufgeregt mit den Händen in die Mitte ihres Zimmers, zuckte dann für eine Weile mit dem Oberkörper und sackte erschöpft in sich zusammen, um sich gleich darauf wieder aufzubäumen und erneut auf ein wohl nur für sie sichtbares Objekt zu zeigen. Ihre Haut wurde währenddessen immer feuchter und glitschiger, weil alle vorhandenen Drüsen ununterbrochen ihre Sekrete absonderten. Talg und Schweiß flossen förmlich Katrins Arme und Beine herunter, so dass sich Petra Fietich, einfach nur zur kurzen Ablenkung vom Leid ihrer Tochter fragte, wie sie den Dreck wohl am nächsten Tag wieder wegputzen oder wie sie das ranzige Zeug aus dem Teppich entfernen solle, nachdem es womöglich angetrocknet war. Auch Ralf machte sich langsam ernsthafte Sorgen um den Zustand seiner Tochter, die langsam jedes ihm bekannte Maß an mentaler Verwirrung deutlich zu überschreiten drohte. War es ihm gerade eben noch ein väterliches Bedürfnis gewesen, seine Tochter in ihrer Qual tröstend zu berühren, ihren Arm um ihren bebenden Körper zu legen, um sie in ihrer höchsten Aufregung zu beruhigen, änderte sich langsam sein Empfinden und rückte in die Nähe von Abscheu und Ekel. Er ertappte sich dabei, wie er den Druck seiner Berührung von Katrins Schulter in kleinen Schritten so weit verringerte, bis er den Körperkontakt endlich komplett abbrach und seinen Arm mit wenigen Zentimetern Abstand zu Katrins Körper hielt. Er wunderte sich ein wenig, sich deswegen nicht zu schämen oder keine Schuld zu empfinden, wobei ihm bewusst wurde, nicht nur vom krankhaften Verhalten seiner Tochter, sondern von ihr selbst in ihrer gesamten Wesenheit angewidert zu sein.

Und so saß das traurige Trio für eine längere Zeit auf der Bettkante in Katrins Zimmer, während nichts auf eine Verbesserung der Situation hindeutete. Irgendwann fragte Petra ihren Mann, ob man vielleicht besser den Notarzt rufen solle, doch Ralf lehnte mit dem Hinweis ab, dass sich Katrins Zustand schon verbessern werde, so wie er sich bisher immer verbessert habe. Bloß nicht mehr Aufsehen erregen als nötig, war die Devise dieses Mannes, der sich zurzeit nach nichts mehr sehnte, als nach einem kleinen Stückchen Normalität in diesem aus allen Fugen geratenen Familienalltag. Überhaupt war Ralf alles andere als zufrieden mit seiner Situation und hatte schon längst fürchterlich mit ihr zu hadern begonnen. Warum er, warum nicht die anderen, fragte er sich täglich mit Blick auf seine offensichtlich psychisch gestörte Tochter, denn schließlich, dessen war er sich mehr als sicher, hatten er und seine Frau in der Erziehung des Kindes alles richtig gemacht. Stets fürsorglich und gewissenhaft hatten sie sich um Katrin gekümmert, alle möglichen Ratschläge und Tipps eingeholt, sämtliche empfohlenen ärztlichen Untersuchungen durchführen lassen, auch den teuren Nachhilfeunterricht, die Klavierstunden sowie den Reitunterricht bezahlt und einen Großteil ihres privaten Lebens, ihrer Interessen und Pläne wie selbstverständlich aufschoben, hintangestellt oder sogar komplett ad acta gelegt. Und nun das: Ein Kind, das zunehmend die Kontrolle über sich selbst verlor, aber auch keine Anstalten machte, diese

Kontrolle jemals wieder zurückgewinnen zu wollen, das sich mit einer übersteigerten Theatralik divenhaft seinen Launen hingab und ihn, Ralf, zu nächtlicher Stunde von seinem dringend benötigen Schlaf abhielt, so dass der nächste Tag im Büro mal wieder von vorne bis hinten im Eimer sein würde. Wenn doch wenigstens ein Hauch der Besserung zu erkennen wäre, dachte Ralf schwermütig, wenn doch wenigstens ein kleines Fünkchen Hoffnung auf ein halbwegs glückliches Familienleben bestünde, jedoch nicht diese niederschmetternde Aussicht auf die Perpetuierung von Krankheit, Siechtum und Abnormität. Im Zuge dieser düsteren Gedanken hatte Ralf seinen Arm nicht nur vollständig von Katrin gelöst, er tat nicht einmal mehr so, als würde er sie trösten wollen, mehr noch, er war unmerklich eine Handbreit von ihr fortgerückt, zunehmend unwillens oder sogar unfähig geworden, seine Abscheu vor dem Töchterchen zu verbergen. Petra war die Körpersprache ihres Gatten dabei nicht entgangen, so gut kannte sie ihn nach immerhin fünfundzwanzig Jahren gemeinsamen Lebens, wusste daher aber auch sehr genau, wie wenig zielführend es sein würde, ihn jetzt darauf anzusprechen. Davon abgesehen, galt ihre ungeteilte Aufmerksamkeit dem zitternden Wesen zu ihrer Linken, das rapide in sich zusammenzusacken drohte. Und tatsächlich, Katrins Kopf sank immer tiefer zwischen ihre Knie, während sie mit ihrer rechen Hand noch immer vehement auf die Mitte des Zimmers deutete. Doch diese seltsame Geste wurde immer schwächer, verlor sukzessive an Intensität, wobei erst ihr Arm, dann ihr gesamter

Körper immer mehr an Kraft zu verlieren schien, was die Eltern angesichts der eben noch beobachteten Anspannung nicht verwunderte, sondern sogar beruhigte. Katrin, so dachten sie erleichtert, kam nun endlich zur Ruhe und könnte für den Rest der kurzen Nacht ins Bett zum Schlafen gelegt werden. Das Mädchen saß nun zusammengesunken zwischen Ralf und Petra, die still darauf warteten, dass es endlich einschlafen oder wegdämmern mochte. Darauf hofften sie inständig, denn sie hatten in den vergangenen Wochen viel zu wenig Bettruhe gefunden. Die Minuten verstrichen, nichts tat sich, Katrin atmete ruhig und tief, ihr Herzschlag übertrug sich sanft auf die Matratze, durch die er von ihren feinfühligen Eltern aufgenommen werden konnte. Diese verharrten noch eine Weile regungslos, wandten sodann ihre Köpfe einander zu und verständigten sich wortlos darauf, Katrin vorsichtig in die Schlafposition zu kippen. Ralf durchbrach dabei zuerst die ruhige Regungslosigkeit. Er drehte sich eine Winzigkeit in die Richtung seiner Tochter, um sie mit den Armen umgreifen zu können. Petra verstand das Signal und setzte an mitzuhelfen, den schmächtigen Körper des Mädchens in einem geschickten Zug auf das Kissen zu drehen. Mit einem Male, für die armen Eltern völlig anlasslos und unvorhersehbar, bäumte sich das Mädchen auf, erhob ihre Arme wie flehend zur Zimmerdecke, spreizte ihre Beine und stieß mit weit aufgerissenen Augen markerschütternde Schreie aus. Schreie, die irgendwie metallisch und überhaupt nicht menschlich klangen, keinesfalls jedoch so, wie ein sechzehnjähriger Teenager selbst in der allerhöchsten Panik zu schreien vermochte. Zum ersten Mal in dieser Zeit begannen Ralf und Petra vorbewusst zu ahnen, dass da etwas IN Katrin war, das nicht sie sein konnte, das seinen Ursprung woanders haben musste.

—

Der Schreck durchfuhr die Eltern vom Kopf bis zu den Füßen, denn mit dieser Wendung in Katrins Verhalten hatten sie beileibe nicht gerechnet. Und es war nicht nur das tiefsitzende Erschrecken über das plötzliche Auftauchen einer völlig unerwarteten Wendung, das Ralf und Petra so sehr aus der Fassung riss, es war vielmehr das nach der allerersten Schrecksekunde rapide emporschnellende Entsetzen angesichts des ohrenbetäubenden und metallischen Schreiens der Tochter, das diese in einer grotesken Pose auf der Bettkante ausstieß. Mehr noch, es war so etwas wie ein vernichtendes Grauen, das aus der abgrundtiefen Erschütterung aller bisher als gültig geglaubten Selbstverständlichkeiten und Gewissheiten erwuchs, weil beide von einem Moment auf den anderen wussten, dass DAS nicht mehr Produkt einer möglicherweise fehlfunktionierenden Hirntätigkeit ihrer Tochter sein konnte, sondern dass hier etwas vollkommen anders am Werk war. Dies war zunächst freilich nur ein Gefühl, eine vage Ahnung, die sich intuitiv aus dem Bauch heraus Bahn brach, den Kern der Sache jedoch sehr genau beschrieb, denn im Laufe ihrer immerhin sechzehnjährigen Elternschaft hatten Ralf und Petra einen ganzheitlichen Eindruck vom Wesen ihrer Tochter mitsamt selbst sehr heftiger Ausschläge ihrer Launen und Krankheiten gewinnen können. Ihre Intuition, ihre im Unbewussten und ohne den massiven Ressourcenverbrauch rationaler Verstandestätigkeit ablaufenden Bewertungsinstanzen, hatte begonnen, Alarm zu schlagen. Fassungslos starrte das Paar auf Katrin, rückte von ihr ab, unterbrach jede Berührung. Hier gab es nichts mehr zu trösten, vielmehr galt es immer mehr, sich selbst zu schützen und außer Gefahr zu bringen - eine Gefahr, die sich zu diesem Zeitpunkt noch im Ungewissen abspielte, jedoch, und auch das war eine intuitive Botschaft, bar jeder Kontrollierbarkeit in ungeahnte Höhen anwachsen, die Oberhand gewinnen und zur vielleicht sogar existenziellen Bedrohung avancieren könnte.

Katrin schrie ohne Unterlass und tat das in einer Intensität, die weit außerhalb der Leistungsfähigkeit eines menschlichen Kehlkopfes zu liegen schien. Auch die seltsam metallische Färbung des Klanges ihrer Stimme war zumindest nicht in vollem Umfang als Laut eines menschlichen Körpers zu identifizieren, denn etwas anderes modulierte unüberhörbar den Ton aus ihrem noch kindlichen Mund. Hinzu kam, dass das Mädchen dieses sirenenhafte Geräusch offensichtlich ausstieß, ohne zwischendurch Luft zu holen. Während Katrin schrie, fiel der Blick der

Mutter auf den Schoß der Tochter. Diese hielt ihre Beine immer noch in einer weit gespreizten Haltung, so dass der gewaltige Blutfleck in Höhe ihrer Scham frappierend deutlich auffiel. Hatte sie jetzt, in genau diesem Moment, womöglich ihre ersten Tage bekommen? Petra wusste, dass Katrin zu den letzten Mädchen ihres Jahrganges gehörte, die noch keinen ersten Eisprung als Zeichen ihrer aufkeimenden Fruchtbarkeit hatten erleben dürfen. Doch was sie hier sah, war mehr als eine erste Menstruation, denn die Blutlache wurde immer größer, dehnte sich immer weiter aus und durchtränkte den frisch gewaschenen Pyjama des Mädchens bis zu den Knien, von wo aus das Blut an den Unterschenkeln herab bis auf den Teppich floss. Auch schien nicht nur Blut Katrins Leib zu verlassen, sondern auch kleine Bröckchen schwarzen Gewebes, die von ihren Säften munter mit auf den Teppich gespült wurden. Spätestens jetzt, so dämmerte es den verängstigten Eltern, war ohne Zweifel der passende Zeitpunkt für das Alarmieren des Notarztes gekommen, doch beide taten nichts dergleichen, sondern starrten wie paralysiert auf das Geschehen vor ihren Augen, das sie in einer nie gekannten Weise in ihren Bann zog. Das mochte daran gelegen haben, dass hier etwas zu seinem unausweichlichen Ende zu finden schien, das seit Langem in Katrin gegärt hatte oder seit geraumer Zeit in ihr als Keim angelegt war, ein zwar grausamer, aber natürlicher Prozess also, der hier und jetzt seinen vorherbestimmten Abschluss zu vollziehen hatte. Auch dieses intuitive Wissen der Eltern traf den zugrundeliegenden Sachverhalt mit erstaunlicher Präzision, wenngleich ihnen weder die wahren Umstände des Geschehens noch dessen Ursprung in der grauen Vorzeit des Ortes, an dem die Familie seit Jahren wohnte, unbekannt waren. Sie wussten nichts von dem Friedhof, den es dort mal gegeben hatte und auf dessen weiten Gräberfeldern ihre Wohnsiedlung errichtet worden war, sie wussten auch nichts von der kleinen Friedhofskapelle mit ihrem tonnenschweren Geläut, die vor vielen hundert Jahren an genau jenem Ort gestanden hatte, auf dem sich ihr Wohnhaus nun befand. Auch wussten sie nichts von der überstürzten Flucht einer kompletten Dorfbevölkerung, die nach einer exponentiellen Zunahme äußerst beängstigender Spukphänomene, Krankheiten und Todesfälle hastig das Weite von einer ausufernden Begräbnisstätte gesucht hatte, die sich im Laufe der Zeit und entgegen aller sachkundiger Prognosen als Quell zahlloser Heimsuchungen und als Heimstätte einer rasant anwachsenden unheilvollen Kraft herausgestellt hatte. Kurz, sie wussten nichts von dem namenlosen Grauen, das den Boden unter ihrem Häuschen wie ein Netz aus rauschenden Wasseradern durchzog und das geduldig auf die Gelegenheit gelauert hatte, sich unter Zuhilfenahme der Generationenfolge endlich im Diesseits manifestieren und anschließend wieder zu voller Machtfülle heranwachsen zu können. Hinzu kam, dass den Toten mit der Auslöschung ihrer Ruhestätte aus dem kollektiven Bewusstsein der Lebenden eine schwere Kränkung zugefügt worden war, die einige der rastlosen Gemüter unter ihnen zum lauten Ruf nach Vergeltung veranlasst hatte. Denn so großflächig der frühere Friedhof und so komplex die Wirkzusammenhänge zwischen Leben, Tod, Frieden, Gnade, Hass und Vernichtung gewesen sein mochten, für die Fortschreibung der Begierden zahlloser Seelen, die ihre ureigensten Geschicke zugunsten einer grassierenden Hoffnungslosigkeit aufgegeben hatten, genügte im übertragenen Sinne lediglich ein winziges Samenkorn, bei dem es nicht auf die Größe, um so mehr aber auf die sinnstiftende Verknüpfung ankam. Und diese war im Falle von Katrin, Petra und Ralf, der heutigen Familie Fietich also, durch ebenjene Generationenreihe gegeben, die diese unbedarften Menschen infolge einer endlosen Kette scheinbarer Zufälle an genau diesen Wohnort gelotst hatte und nun die Grundlage für die Manifestation des uralten, namenlosen Übels bilden sollte, dass sich in alter Vorzeit im Boden der Krypta der Friedhofskapelle gebildet hatte und nun immer ungeduldiger seiner Wiedergeburt entgegenfieberte. Von alledem wussten Ralf und Petra also nichts, und hätten sie davon gewusst, hätten sie die vollständige Tragweite all dieser unheilvollen Dinge gekannt, hätten sie darin einen wunderbaren Grund erkennen können, ihrem und ihrer Tochter Leben ein sofortiges Ende zu setzen. So aber waren sie noch einigermaßen weit von diesem Stadium entfernt, wobei sie ihre Intuition jedoch immer heftiger in Richtung der unheilvollen Tatsachen drängte. Je länger, je lauter Katrin in flehender Beterpose schrie, je mehr Blut aus ihrer Scheide floss, desto konkreter wurde die Gestalt ihrer üblen Vorahnungen.

—

Endlich trat ein, was Ralf und Petra nicht zu hoffen gewagt hatten: Katrin sackte zusammen und ihr Gebrüll verstummte. Dies geschah unvermittelt und völlig unvorhergesehen. Die Eltern waren erleichtert, der kurze Hoffnungsschimmer blitzte durch ihre zermürbten Gemüter, dass die Krankheit ihrer Tochter mit diesem karthartischen Anfall vielleicht sogar ihr Ende gefunden haben mochte. In ihren Ohren klingelte der markerschütternde Schrei noch ein wenig nach, ebbte aber nach ein paar Minuten ab und mache einem lang ersehnten Gefühl der Erleichterung Platz, das sich so vorsichtig wie schüchtern einzunisten versuchte. Die beiden Eheleute blickten sich in die Augen, der Anflug eines Lächelns fuhr wie ein kühlender Windhauch in brütender Sommerhitze über Petras Gesicht. Auch Ralf atmete auf, atmete also tief aus und wieder tief ein, um die endlich einkehrende Beruhigung seiner mentalen Verfassung zu konsolidieren. Ebenso von ihrem Kind, das währenddessen der Länge nach in Rückenlage auf dem Bett lag, schien alle Anspannung abgefallen zu sein. Beinahe friedlich lag sie so da, allein die vielen Blutflecke auf Bettzeug und Teppich zeugten noch von den furchterregenden Szenen, die sich im Zimmer der Tochter noch kurz zuvor abgespielt hatten. Wie es schien, hatte der Blutverlust nicht nur aufgehört, sondern war wohl auch gesundheitlich keineswegs bedrohlich gewesen. Vielleicht doch nur eine erste Menstruation, dachte Petra, eine erste Periode, die auch als Erklärung für das seltsame metallische Schreien der Tochter herhalten konnte, die in ihrer fragilen seelischen Verfassung in einer für alle Beteiligten ungekannten Weise darauf reagiert haben könnte. Vielleicht lag das ja alles doch noch im *grünen Bereich*, hoffte das übernächtigte Paar, das in einer einzigartigen Mischung aus fürsorglicher Liebe für und latent aktivierter Fluchtbereitschaft vor Katrin das schlafende Kind betrachtete. Dieses schien nicht nur auf den ersten Blick sanft zu schlummern, ihr Brustkorb hob sich im regelmäßigen Rhythmus einer normalen Atemtätigkeit und ihr leicht pulsierender Herzschlag erweckte den sehr glaubhaften Eindruck, dass hier ein erschöpfter Teenager in wohlverdientem Schlaf neue Kräfte sammelte. Ralf und Petra indes schöpften Hoffnung, versuchten das eben Erlebte zu verdrängen oder zumindest bis zur endgültigen Bearbeitung in die hinteren Ecken ihres Gedächtnisses abzuschieben. Langsam erhoben sie sich von der Bettkante, um auf Zehenspitzen, dabei ihre Tochter stets aus den Augenwinkeln im Blick behaltend, in aller Vorsicht zur Zimmertüre zu schleichen. Die Zeit kam ihnen dabei furchtbar gedehnt vor, bis sie endlich die zweieinhalb Meter Strecke zur Tür überwunden hatten. Dort hielten sie lauschend und beobachtend für eine Weile inne, bevor sie sich behutsam aus dem Zimmer stahlen, Ralf das Licht ausschaltete und ganz langsam die Türe zuzog. Erleichterung machte sich breit, die gequälten Eltern durften sich einen Moment lang der stillen Hoffnung auf eine wie auch immer geartete Besserung der Lage hingeben, was jedoch nur ein sehr kurzer Moment war, der, ebenso wie das zarte Pflänzchen der elterlichen Zuversicht, durch klagende Stöhngeräusche aus dem Inneren des Zimmers jäh abgebrochen wurde.

Ralf stieß die Tür wieder auf und schaltete das Licht ein. Vorsichtig, in permanenter Erwartung jedes nur erdenklichen Grauens, näherten sich die Eltern wieder dem Bett ihrer Tochter. Katrin wälzte sich ziemlich unruhig und stöhnend unter der Bettdecke hin und her, hatte die Augen geschlossen und schien mal wieder von lebhaften Träumen heimgesucht zu werden. Nichts Neues, vor allem in Anbetracht des Erlebnisses ihrer ersten Menstruation, versuchten sich Ralf und Petra zu beruhigen, doch ihre im Laufe der jüngsten Ereignisse ziemlich laut gewordenen inneren Stimmen gaben ihnen deutlich zu verstehen, dass die erwünschte Erklärung möglicherweise diejenige sein könnte, die am wenigsten zutreffend war. Sorgenvoll beobachteten die beiden ihre Tochter, wobei sie wohl aus Gründen archaischer Instinkte einen gebührenden Sicherheitsabstand zum Bett einhielten. Einen Abstand, der jenen um Längen übertraf, den besorgte Eltern bei der Fürsorge für ein schwer krankes Kind gemeinhin einzunehmen pflegten. Während sie so in halbwegs sicherer Entfernung zum Bett mit der stöhnenden Tochter verharrten, wurde Petra stutzig. Sie trat einen Schritt näher an das Bett heran und fixierte das Gesicht ihrer Tochter, in dem sich etwas Wesentliches verändert zu haben schien. Es war zunächst nur ein schwacher Eindruck, etwas, das man in der inbrünstigen Hoffnung auf ein Vermeiden des Katastrophalen als optische Täuschung unter dem Einfluss einer funzelig schwachen Zimmerlampe oder nervös überspannter Sinne hätte abtun können, weil es, würde es sich letzten Endes doch als Realität herausstellen, mindestens das vernichtende Ende jedweder Hoffnung bedeutet hätte. Doch je näher Petra an Katrin herantrat, je genauer sie das Gesicht ihres Kindes in Augenschein nahm, desto sichtbarer schälte sich das tatsächliche Geschehen aus dem schützenden Schleier elterlicher Verdrängung heraus: Katrins Antlitz war im Begriff, sich grundlegend zu verändern. Ihr vormals jugendlicher Teint hatte eine gelbliche Tönung angenommen, auch hatten sich Krähenfüße, eine veritable Rosacea und kleine, rinnsalartige Fältchen gebildet, zwischen denen auffällig viele warzige Knötchen saßen. Es schien, als seien ihre Augenlider ausgetrocknet und hätten einen Großteil ihrer Wimpern verloren. Die Veränderung ihrer Mundpartie war es jedoch, die auch Ralf sehr unsanft auf den Boden des unheilvollen Geschehens zurückholte, denn ebenso wie seine Gattin konnte er seinen Blick nicht mehr von der sonderbar grotesken Verschiebung Katrins Lippen abwenden, die sich in einer asymmetrischen Form um den mittlerweile weit geöffneten Kiefer des Mädchens gelegt hatten, so dass ein ihr gesamtes Gesicht entstellender Schlund entstanden war. Es sah so aus, als forme sie ihre Mundpartie zu jener entsetzlichen Art des Schreiens, zu der Menschen nur in allerhöchster Todesangst oder im Angesicht unvorstellbaren Grauens kurz vor ihrem gewaltsamen Sterben fähig sind. Katrin schrie jedoch nicht, sie stöhnte nur, wobei sich das Stöhnen immer mehr in ein stimmloses Röcheln verwandelte, je weiter sich ihr Mund öffnete.

Ohne auch nur ein Wort auszutauschen, waren Ralf und Petra übereingekommen, dass ihre Hoffnung auf ein Ende von Katrins Krankheit nicht nur in einer törichten Weise verfrüht war, sondern dass es sich hier um etwas ganz anderes als eine psychische Störung, ein degeneratives Leiden oder gar eine physische Dekompensation handelte, sondern dass ihre intuitiven Impulse durchaus zutreffend waren und sich ihre Tochter tatsächlich einer bösartigen und übernatürlichen Transformation unterziehen musste, die von dunklen Kräften vorangetrieben wurde, die weit außerhalb ihrer Vorstellungskraft und Kontrolle standen. Kräfte, die sich aus irgendeinem Reich der Finsternis losgelöst und auf ihre Tochter übertragen haben mussten, die es auf ihre gesamte Familie abgesehen hatten, um Tochter und Eltern für ihre unlauteren Zwecke zu missbrauchen. Kräfte, denen gegenüber sie macht- und hilflos waren.

Je länger sie hinsahen, desto auffälliger wurden die Veränderungen in Katrins Gesicht. Binnen weniger Minuten hatte das junge Mädchen die Fratze einer alten Frau mit weit aufgerissenem Mund erhalten, aus dem stoßweise und unter gurgelndem Röcheln der Atem eingesogen und ausgestoßen wurde. Ralf wurde schwarz vor Augen, er konnte sich nicht mehr auf den Beinen halten, weil sein gepeinigter Geist in dieser ausweglosen Lage die Notbremse ziehen musste. Er taumelte umher wie ein sich ausdrehender Kreisel und schlug der Länge nach auf dem Boden auf. Auch Petra ging es nicht viel besser, nur blieb ihr Bewusstsein weitestgehend intakt, während ihr Magen zu rebellieren begann. Würgend rannte sie aus dem Zimmer und erbrach sich in mehreren krampfartigen Anfällen brüllend in die Toilettenschüssel. Als nichts mehr zu erbrechen war, spuckte sie noch für eine geraume Weile zähen Speichel aus, raffte sich mühsam auf und kehrte in Todesangst in das Kinderzimmer zurück. Ralf lag noch immer regungslos auf dem Boden, schien aber langsam wieder zu sich zu kommen. Er stammelte zusammenhanglose Worte, erlangte aber recht schnell wieder die Orientierung und versuchte hilflos, sich aufzurichten. Petra reichte ihm ihre Hand zur Unterstützung, doch Ralf brach immer wieder kraftlos zusammen und verblieb nach mehreren erfolglosen Versuchen schließlich auf allen Vieren, was Petra an ein übergroßes Insekt erinnerte. Katrins Veränderung war nun so weit fortgeschritten, dass sich Petra außer Stande sah, ihre eigene Tochter auch nur in Ansätzen zu erkennen. Das, was vor ihr im Bett lag, war eine röchelnde alte Frau, eine zerfallene Greisin mit einem weit aufgerissenen Mund, durch deren Körper stoßweise Zuckungen fuhren, zumindest sah das unter der Bettdecke danach aus. Obwohl Petra ein Schauer des Entsetzens nach dem nächsten über den Rücken fuhr und sie trotz des leeren Magens noch immer von heftigen Würgereizen geschüttelt wurde, konnte sie nicht anders, als sich langsam dem Bett zu nähern. Sie spürte das unwiderstehliche Verlangen, die Bettdecke von Katrins sich verwandelndem Körper zurückzuziehen und nachzuschauen, wie denn ihr übriger Leib mittlerweile aussehen mochte. Das war jedoch mit der Schwierigkeit verbunden, ihren ausgestreckten Arm in die unmittelbare Nähe dieses Wesens zu bewegen, das auch für sie als Mutter mittlerweile aufgehört hatte, ihre Tochter zu sein. Ein wenig schämte sie sich ihres Ekels und ihrer abweisenden Gedanken, zumal sie sich auf einer rationalen Ebene völlig im Klaren darüber war, dass sich auf dem Bett niemand anderes als ihre Tochter befinden konnte, und dass, sollte es sich tatsächlich um etwas anderes als Katrin handeln, diese einem furchtbaren Verbrechen oder einem unerklärlichen Prozess zum Opfer gefallen sein musste, wofür sie nicht den geringsten Hauch einer Verantwortung trug.

Petra trat also so nah wie nötig an das Bett heran, beugte sich weit vor, streckte ihren Arm aus und ergriff einen Zipfel der Bettdecke zwischen Daumen und Zeigefinger. Ralf krabbelte derweil aufgeregt von einer Zimmerecke in die andere, während Petra den Stoff langsam vom Körper Katrins herabzog. Das Maß menschlichen Entsetzens bewegt sich nicht nur auf einem ordinalen Skalenniveau, sondern hat gemeinhin die zusätzliche Eigenschaft, bei einer langanhaltend hohen Intensität zu einer signifikanten subjektiven Minderung seiner Ausprägung zu führen. Diesem Umstand war es wohl zu verdanken, dass Petra beim Anblick des restlichen Körpers Katrins nicht vollends die Fassung verlor, sondern sich im Gegenteil dazu zwang, jedes zum Vorschein gekommene Detail mit allerhöchster Aufmerksamkeit zu registrieren. Alle sichtbaren Hautpartien waren gelblich gefärbt und voller tiefer Falten, zwischen den Falten befanden sich in unregelmäßigen Abständen eiternde Warzen, vielleicht sogar Furunkel, Karbunkel oder andere Arten hässlicher Tumoren. Die Haut wirkte wie mit einer schleimigen Schicht überzogen, auch war das Bettlaken rund um den Körper herum mit Nässe durchtränkt. Die Blutlache im Schrittbereich hatte sich breitflächig ausgedehnt, so als ob gleich mehrere Liter des jungfräulichen Blutes Katrins ausgeflossen wären, um Platz für die fauligen Säfte der alten Frau zu machen, die nun vor Petra lag. Petra war angewidert und fasziniert zugleich, so dass sie weder den fauligen Gestank noch das eifrige Umhergekrabbele ihres Ehemannes registrierte, der mit der Zeit jedoch von seinen Kräften verlassen und daher immer langsamer wurde. Mit einem Male stoppte er sein käferartiges Tun, kam augenscheinlich wieder zu sich, sammelte sich und schaffte es, sich kurzzeitig auf beiden Beinen aufzurichten. Speichel troff in dünnen Fäden aus seinen halb geschlossenen Lippen, als sein Blick auf den in Windeseile gealterten Körper im Bett seiner Tochter sah, woraufhin er seinen Arm in einem verzweifelten Akt des sinnlosen Tröstens um Petra schlang. Er weinte dabei so sehr, dass heftige Krämpfe seinen Leib durchschüttelten. Während die Eltern vor dem Bett standen, konnten sie fassungslos beobachten, wie sich das, was vor Kurzem noch ihre Tochter war, immer weiter in einen faserigen, von tiefen Falten zerfurchten Haufen fauligen Fleisches verwandelte, der mit einer entsetzlich entstellten Fratze gekrönt war, aus der es unablässig heraus stöhnte. Petra Fietich, die ihren alten Familiennamen beibehalten hatte, ahnte zu diesem Zeitpunkt nicht, dass sie in genau diesem Augenblick im Begriff war, einer ganz besonderen Urahnin aus finsterer Vorzeit gegenüberzutreten.

—

Finsternis, nichts als Finsternis. Sie spürte die Steine eines alten Gemäuers, tastete mit ihren Fingern entlang grober Fugen und über harte Maurerhaken. Die Luft roch nach abgestandenem Weihrauch, nach getrocknetem Blut oder altem Ammoniak, mit den nackten Knien schliff sie über die eingemeißelten Inschriften rauer Granitplatten. Sie stöhnte, flüsterte, dann rief sie nach ihrer Mutter, doch ihre Stimme versandete wie in einem dichten Geflecht aus Watte. Kein Widerhall war zu vernehmen, keine Reflexion, kein Echo in der engen Kammer, in der auch ihr Schluchzen in Bruchteilen von Sekunden erstarb. Da war nichts, was auf einen Ausgang hindeutete, keine Tür, kein Fenster, kein noch so winziger Spalt, kein Hauch Luft. Sie war sich nicht einmal sicher, ob es überhaupt ein Außen gab, oder ob diese enge Kammer aus Stein nicht vielmehr alles war, was für sie existierte. Wieder und wieder tastete sie die gemauerten Wände ab, in der zarten Hoffnung, einen noch so winzigen Anhaltspunkt für einen Ausweg zu finden, doch nichts dergleichen zeichnete sich in der unveränderlichen Gleichförmigkeit des sie von allen Seiten umgebenden Mauerwerks ab. Ob oben oder unten, ob vor ihr oder hinter ihr, wohin sie auch griff oder tastete, es war nur die immergleiche Abfolge von Steinen und Fugen zu erfühlen. Und so sehr sie sich die Hände bis auf die Knochen blutig schlug, die Füße bis zum Brechen der Zehen zertrampelte, kein noch so immenser Schmerz hatte auch nur eine winzige Erschütterung eines der Mauersteine zur Folge. Sie hatte vergessen, wie lange sie schon in dieser verzweifelten Lage war. Stunden, Tage, Monate oder Jahre - sie hatte nicht die Spur einer Idee. Überhaupt konnte sie sich nicht einmal daran erinnern, jemals woanders gewesen zu sein, auch spürte sie weder Hunger noch Durst, sondern einzig und allein den brennenden Verlust an Freiheit und Zukunft. Es war ein Fluch, der so lange und so sehr auf ihr gelastet hatte, bis er im Laufe der Zeit Eins mit ihr geworden war, ununterscheidbar von ihr selbst, sie bis weit hinab zu den kleinsten Einzelheiten ihres Wesens bezwungen hatte, ihr hämisch einen unerreichbaren Ausweg zu zeigen schien, sie aber letzen Endes auf ewig gefangen hielt. Doch sie weigerte sich mit allen Fasern ihres Leibes, das zu akzeptieren. Daher schlug sie tagein, tagaus mit ihren Fäusten gegen die harten Mauern, schrie und wimmerte nach ihrer Mutter, erlitt die fürchterlichsten körperlichen Schmerzen in ihrem untoten Körper, ohne jemals die Gnade gewährt zu bekommen, die Besinnung oder gar das Leben verlieren zu dürfen. Und so überdauerte sie die Zeiten, eingemauert in einer Wandnische der Krypta der Friedhofskapelle. Das Fegefeuer wäre das Paradies für sie gewesen.

—

Jetzt war es Ralf, der sich erbrach. Eben noch hatte er gemeinsam mit Petra weinend auf das Bett gestarrt, in dem sich die Überreste seiner Tochter in eine zerfallene Greisin verwandelt hatten, als sich Petra von ihm abwendete, ihn verächtlich wegschubste und sich daraufhin sein Magen ruckartig zusammenzuziehen begann und einen recht beachtlichen Schwall aus Speiseresten und Bier quer durch das Zimmer schickte. Aus den Winkeln seiner tränenverschmierten Augen konnte er erkennen, wie Petra am Körper der alten Frau zugange war, wie sie den Pyjama der einstigen Tochter bis zu den ledrigen Brüsten nach oben gestreift hatte und mit beiden Händen an der jetzt freigelegten Scham herumhantierte. Die faltigen Beine des Wesens waren in einem weiten Winkel gespreizt, wobei jene Öffnung, die in der menschlichen Anatomie der Vagina entsprach, in rhythmischen Schüben Blut und Schleim ausstieß. Dabei bäumte die alte Frau ihren Oberkörper ein wenig auf und hob dabei das Becken an, so dass Petra mit der einen Hand das Gesäß umgreifen und mit der anderen an der Vagina arbeiten konnte. Das Wesen in Gestalt einer alten Frau röchelte dabei immer lauter, stieß immer heftiger Luft durch den weit ausgerissenen Mund, während sein Körper von pulsierenden Beben durchfahren wurde. Ralf drohten wieder die Sinne zu schwinden, denn er konnte das Handeln seiner Frau weder ertragen noch sich ansatzweise erklären. Sie war von der betroffenen Zuschauerin zu einer Beteiligten geworden, hatte sich plötzlich in einen integralen Bestandteil eines abartigen Prozesses verwandelt, war von der geliebten Ehefrau zur hassenswerten Feindin mutiert, die sich mit Hingabe niederträchtigen Kräften unterwarf. Ralf versuchte trotz all der entsetzlichen Eindrücke, die Kontrolle über seinen Körper wiederzuerlangen. Er fühlte sich verpflichtet, einzuschreiten, musste Petra davon abhalten, das zu tun, was sie gerade im Begriff zu tun war. Er ahnte, dass er zu schwach sein würde, um dem Bösen in einer nennenswerten Weise Einhalt gebieten zu können. Trotzdem mobilisierte er unverdrossen alle verfügbaren Kräfte, fokussierte sich auf das unfassbare Treiben seiner Frau und schaffte es tatsächlich, einen Fuß vor den anderen zu stellen, um sich so träge schlurfend auf das Bett zuzubewegen. Doch ehe er sich versah, war er wieder gestürzt und lag wie ein Käfer mit heftigen Schmerzen im gesamten Körper auf dem Boden, von wo aus er beobachten konnte, wie Petra einen faustgroßen Klumpen emporhob, den sie, so war er sich jedenfalls sicher, aus der Vagina des Wesens auf dem Bett entnommen haben musste. Keine Frage, er war Zeuge einer Art Geburt geworden, denn seine Gattin legte den blutigen Klumpen auf den Bauch der alten Frau, die diesen mit ihren verschrumpelten Händen fast liebevoll umschloss. Trotzdem stöhnte das Ding weiter und schien in einem fort zu altern, denn Ralf konnte selbst vom Fußboden aus gut erkennen, wie dessen faltige Haut immer trockner wurde und sich hie und da vom Körper abzulösen begann. Neugierig stützte er sich unter Aufbietung seiner letzten Kräfte auf seinem rechten Ellenbogen auf, um das Gesicht des Wesens betrachten zu können. Dort waren die Wangen komplett eingefallen, völlig vermodert, anstelle der Augen sah er nur noch hohle Löcher, auch die Nasenknorpel waren weitgehend zerfallen, einzig die vertrockneten Lippen formten noch diese Öffnung über den zerfallenen Zahnreihen in Anlehnung an die Geste eines entsetzlichen Schreies. Ralf war sich sicher: Dort lag nichts anderes, als eine verweste Leiche.

Dass dort eine Leiche lag, schien Petra nicht zu kümmern, denn sie hantierte immer noch mit größter Sorgfalt, Freude und Hingabe an dem Klumpen herum, den sie soeben aus dem Inneren des Wesens geholt zu haben schien. Liebevoll entnahm sie ihn den toten Händen des verwesten Körpers, bettete ihn auf einem Kopfkissen und trug ihre kostbare Fracht aus dem Zimmer heraus. Damit verschwand sie aus Ralfs Blickfeld, der noch immer, in einem Zustand nahe einer Lähmung, auf dem Fußboden herumkroch und in seiner Verzweiflung nicht so recht wusste, was er tun jetzt tun sollte. Ihm schien, als habe er alles Wichtige in seinem Leben verloren, zuerst seine Tochter, die sich aus einer verstörten Teenagerin nach diversen Stadien der psychischen Deformation in eine verwesende Greisin verwandelt hatte, dann seine geliebte Frau, die von der besorgten Mutter in die Rolle der Hebamme eines diabolischen Wesens geschlüpft war. Er fühlte sich alleine gelassen, vollkommen isoliert und schutzlos in Anbetracht all der unbegreiflichen Dinge, die in seinem Haus und um ihn herum vor sich gingen. Und was noch schlimmer wog, er fühlte sich intuitiv verantwortlich für den Fortgang des Geschehens, da er mittlerweile zu der Überzeugung gelangt war, dass auf ihm persönlich die schwere Bürde lastete, dem teuflischen Treiben rund um die Familie seiner Frau Einhalt zu gebieten. Denn soviel war sicher, hier ging es offensichtlich um geheime Dinge, die ihren Ursprung unendlich weit zurück in der Generationenfolge seiner Frau hatten, und die in irgendeiner Weise mit dem

Boden verknüpft sein mussten, auf dem sein Haus errichtet worden war. Dies war freilich auch nichts anderes, als die fluide Erkenntnis aus seiner Intuition, allerdings konnte er sich des Eindrucks nicht erwehren, dass sich die immer öfter auftretenden Aufwallungen seines Bauchgefühls im Laufe ihrer ständigen Wiederholungen zu immer konkreteren Informationen ausformten. Diese vielen regelmäßig wiederkehrenden Impulse aus dem Bauch schufen mit der Zeit also eine Art Gesamtbild der Situation, einschließlich ihrer Einbettung in die vorzeitlichen Gegebenheiten, das Ralf jetzt, während sich die Dinge zuspitzten, für sich nutzen konnte. Ralf wusste natürlich nicht genau, was zu tun war, er war sich jedoch darüber im Klaren, dass er zunächst einmal aufzustehen hatte, um den bösartigen Vorgängen ins seiner Familie Einhalt zu gebieten. Was in seinem Zustand garnicht so einfach war, denn Ralf hatte weitgehend die Kontrolle über relevante Bereiche seiner Muskulatur verloren, was eine Folge seiner immensen psychischen Belastung, möglicherweise aber auch Resultat eines Fluchs oder einer ähnlichen fernwirksamen Intervention seitens einer feindlichen Kraft sein konnte. Ralf legte sich flach auf den Boden und begann mit Atemübungen, die er zu früheren Zeiten in einem Workshop zur Steigerung von Erfahrungen beruflicher Selbstwirksamkeit einmal gelernt hatte. Konzentriert atmete er ein und aus, wobei er angestrengt imaginierte, wie all die verlorenen Energiereserven zurück in seine Glieder krochen. Und tatsächlich, nach einigen Minuten krochen die verloren geglaubten Energien in seine Glieder zurück, so dass er sich unter lautem Gestöhne wieder in die aufrechte Körperhaltung zurück befördern konnte. Endlich wieder zu einem halbwegs vollwertigen Mensch geworden, schlich Ralf langsam und leise auf der Suche nach seiner Frau durch das Haus.

—

Der Klumpen zuckte und zitterte, zudem war er noch überaus glitschig. Ständig drohte er, Petra aus den Händen zu fallen, was eine mittlere Katastrophe gewesen wäre, denn schließlich handelte es sich dabei um den Keimling ihrer vor vielen Äonen beerdigten Ahnin. Sie hatte einem Schauspiel bewohnen dürfen, das in seiner Einzigartigkeit seinesgleichen gesucht hatte, nämlich der Selbstgeburt der Magda Fietich. Der vor Urzeiten nach seiner Exhumierung und der rituellen Auferweckung ins Grab zurückgefahrene Keim hatte endlich die lang ersehnte Gelegenheit ergreifen können, nach dem unfassbar anstrengenden Anschub einer schier endlosen Reihe von Kausalitäten und Kontingenzen, indirekt einen leiblichen Wirt zu züchten, den er nach der Entweihung seiner elementaren Lebensgrundlagen zum Zwecke seiner eigenen Fortpflanzung besetzen konnte. Einfach gesprochen, hatte sich Magda Fietich durch den Körper ihrer weit entfernten Nachfahrin wieder selbst in die Welt gesetzt, was in gewisser Weise als eine invertierte Doxologie des eucharistischen Hochgebets zu verstehen war, in der es hieß:

Durch ihn und mit ihm und in ihm, sei Dir Gott, allmächtiger Vater, in der Einheit des Heiligen Geistes, alle Herrlichkeit und Ehre jetzt und in Ewigkeit. Amen.

Während Petra den fleischigen Keimling mütterlich pflegend umsorgte, triumphierte dieses rastlose Übel angesichts seiner durchaus respektablen Erfolge, die es bis hier zu verzeichnen hatte. Was ihm allerdings entgangen zu sein schien, was wohl im Laufe der annähernd unendlichen Zeiträume im Anschluss an seine erneute Grablegung nach der Exhumierung sowie an die Einmauerung seiner nach den Ritual verbliebenen sterblichen Überreste irgendwie in Vergessenheit geraten war, war diese gepeinigte und in die hinterletzte Ecke des großen Raumes dieser übergriffigen Seele gedrängte Wesenheit, die zu ganz früheren Zeiten, ganz weit vor dem heiligen Ritual des Totenhebers, einmal der Totengräber gewesen war. Und nur ein Totengräber war imstande, einen Toten nach den unzähligen Regeln der totengräberischen Handwerkskunst so zu bestatten, dass spätere Auswirkungen auf die Sphäre der Lebenden nahezu ausgeschlossen waren. Und genau das galt auch für aktuelle Reinkarnation der Magda Fietich.

Petra sang ein altes Wiegenlied, während sie den schleimigen Fleischklumpen behutsam im lauwarmen

Wasser wusch. Anschließend hob sie ihn heraus und wickelte ihn in ein altes Frotteetuch ein, das - eigentümliche Ironie der Geschichte - zur früheren Säuglingsausstattung von Tochter Katrin gehört hatte. Nachdem sie den Klumpen vorsichtig trockengerieben hatte, hob sie ihn wieder empor und führte ihn an ihre Brust, wusste aber nicht so recht, ob überhaupt und an welcher Stelle des Klumpens sich so etwas wie eine Mundöffnung befinden könnte, die in der Lage wäre, irgendetwas aus ihrer Brust heraus zu saugen. Letztlich war es ihr egal, ob der Klumpen saugte oder nicht, sie liebte einfach das prickelnde Gefühl, wenn sie die fleischartige Masse fest an ihre Brustwarzen presste. Es stimulierte sie sogar derart heftig, dass sie den Klumpen ohne jede Rücksicht auf etwaige Beschädigungen mit einem ziemlich heftigen Druck über ihre Brustwarzen rieb, bis sie tatsächlich glaubte, einen Orgasmus erleben zu können. Im Zuge ihrer Erregung war es ihr jedoch vollkommen entgangen, dass sich winzig kleine Krümelchen des Klumpens abgelöst hatten, die zum Teil an ihren Brüsten kleben blieben, zum anderen Teil aber ins Waschbecken gefallen waren. Und so war die in dieser ekstatischen Phase nicht mehr funktionsfähige Intuition auch nicht mehr fähig, die sublime Information an Petras noch nicht an die von dieser fremden Wesenheit in Beschlag genommenen Verstandesregionen zu senden, dass nicht jedes vom Klumpen abgebröckelte Teilchen zwangsläufig auch ein integraler Bestandteil desselben sein musste. Denn so, wie der Klumpen und auch eine ganze Reihe seiner vorangegangenen Entitäten, den Keim einer konservierten Lebenskraft darstellten, was unabhängig von dessen physischer Größe, jedoch abhängig von seiner ununterbrochenen Kontaktkette war, konnte ein jedes anhaftende Bröckchen die komplette Energie einer gänzlich anderen Wesenheit transportieren. Dies war zumindest theoretisch der Fall, und hier nun auch in praktischer Weise, denn eines der heruntergefallenen Klümpchen trug den Keim der zu früheren Zeiten überwältigten und vom hasserfüllten Geist der Magda Fietich geradezu versklavten Seele des Totengräbers in sich. Dessen ungeachtet rieb Petra den Fleischklumpen immer heftiger über ihre Brustwarzen, bis ihr das Blut aus den Brüsten zu laufen begann, was für sie, die sie nicht schwanger war, einen würdigen Ersatz für ihre Muttermilch darstellte, das sie dem Klumpen als Ernährung anbieten konnte.

Ralf war es in der Zwischenzeit endlich gelungen, aufzustehen und seine Frau zu finden. Er konnte hören, wie sie dieses alte Wiegenlied rezitierte, mit dem sie vor vielen Jahren ihre gemeinsame Tochter in den Schlaf gesungen hatte. Ihr Gesang wies ihm also den Weg in das Bad, wo Petra mit entblößtem Oberkörper vor dem Spiegel stand und sich erregt dabei betrachtete, wie sie sich den pulsierenden Fleischklumpen lustvoll über ihre Brustwarzen rieb. Es schien, als sei der Klumpen gewachsen, als habe er gut erkennbar an Größe zugenommen. Ralf stieß die Tür vorsichtig weiter auf, so weit, dass er mit seiner Statur den gesamten Türrahmen ausfüllte, doch Petra nahm keine Notiz von ihm, so sehr war sie in das Nähren des Klumpens vertieft. Versonnen sang sie dieses alte Lied mit seiner primitiven, aber sehr eingängigen Melodie, das von einem Frosch handelte, der keine Nachtigall war und folglich auch nicht singen konnte:

Ein Frosch ist keine Nachtigall, drum kann er auch nicht singen, und doch will er uns hier und jetzt sein Lied als Ständchen bringen.

Ein romantisierender Nonsense-Text, der durch seinen rhythmischen Vortrag nahezu jedes Lebewesen in den Zustand der Schläfrigkeit zu versetzten vermochte, allerdings nicht den frisch geborenen Fleischklumpen, der keine Zeit zu verlieren hatte, um endlich sein lange verfolgtes Ziel zu erreichen. Petra ahnte in ihrer Versunkenheit von alledem nichts, es befriedigte lediglich ihren mittlerweile eindeutig sexuell konnotierten Mutterinstinkt, wenn dieser Fleischklumpen, von dem Blut ihrer Brustwarzen genährt, an Größe gewann. Ralf fühlte sich hilflos, er wusste nicht so recht, was er in dieser Situation tun sollte. Seine Frau war ihm so fremd geworden, dass er selbst in ihrer Haltung oder ihrer Mimik, ihren unwillkürlichen Bewegungen und Gesten, nichts mehr wiederkannte, das er seiner Lebensgefährtin zuordnen konnte. Seine langjährige Partnerin hatte sich in ein vollkommen fremdes Wesen verwandelt, das ähnlich weit von seiner Lebenswelt entfernt war, wie dieser pulsierende Fleischklumpen, den Petra nur wenige

Minuten zuvor der verwesenden Fleischhülle ihrer vormaligen Tochter entnommen hatte und nun über ihre Brüste rieb. Wieder musste er würgen, konnte aber dem Brechreiz widerstehen. Dann fasste er all seinen Mut und ging auf Petra zu. Noch immer nahm sie keinerlei Notiz von ihm, obwohl sie ihn unter normalen Umständen schon längst hätte bemerken müssen, dann griff er, einem verborgenen Impuls folgend, in das Waschbecken, aus dem er mit der angeleckten Spitze seines Zeigefingers ein winziges braunes Krümelchen aufnahm, das er freudig kichernd wegtrug. Er lachte, er tänzelte, er brachte seinen Schatz in den Keller, wo er das Krümelchen in eine kleine Mulde im Boden seiner Werkstatt legte. Er wusste sehr gut, dass auch dieses Krümelchen genährt werden musste, um seine volle Kraft entfalten zu können. Eine Kraft, die in gewisser Weise antipodisch zu derjenigen des Fleischklumpens ausgerichtet war, mit der sie trotzdem in einer sehr eigentümlichen Weise in enger Verbindung stand. Ralf konnte die zugrundeliegenden Zusammenhänge weder wissen noch begreifen, sie waren ihm gänzlich unbekannt, doch sein Bauchgefühl schrie ihn förmlich an, das Krümelchen in der Bodenmulde endlich zu nähren, auf das es seine in tiefer Vorzeit gewachsene Aufgabe endlich erfüllen könne. Es musste ein Aderlass von existenziell bedrohlicher Wirkmächtigkeit sein, den das winzige Klümpchen als Nahrung einforderte. Es pulsierte erwartungsvoll in der Mulde, in die Ralf es gelegt hatte, während seine männliche Amme, sein unfreiwilliger Geburtshelfer seine Werkstatt nach

120

einem hilfreichen Werkzeug absuchte. Schnell fiel sein Blick auf das Teppichmesser, das zwischen rostigen Zangen und spakigen Schraubenschlüsseln schon viel zu lange ein unbefriedigendes Dasein zu fristen hatte. Diese Zeit war nun endlich vorbei, dem Messer wurde eine angemessene Aufgabe zugeteilt. Es lag sicher in der Hand von Ralf, die es liebevoll umschmiegte, während sich seine noch immer scharfe Klinge tief in seinen weichen Hals bohren und dabei auch viele wichtige Adern durchtrennen durfte. Verblutend kniete Ralf auf dem Boden seiner Hobbywerkstatt, hielt seinen Hals über die Mulde mit dem Klümpchen, während sein Bewusstsein nach und nach erlosch. Aber noch bevor er vollkommen bewusstlos war, konnte er aus den Augenwinkeln beobachten, wie sich ein schwarzer Schatten inmitten der Werkstatt bildete, immer mehr die Gestalt eines alten Mannes annahm, der, offenbar mit einem langen Lodenmantel und Filzhut bekleidet, zielstrebig den Keller verließ.

Petras Brüste schmerzten höllisch. Voller Entsetzen betrachtete sie ihre blutverschmierten Brustwarzen im Spiegel. Den glitschigen Fleischklumpen hatte sie einfach fallen gelassen, nachdem sie diese dunkle Gestalt durch ihre Wohnung hatte huschen gesehen. Mit dem Auftauchen des kegelförmigen Schattens hatte sich ihr rauschhafter Zustand mit einem Male in Nichts aufgelöst, so dass sie, sehr zu ihrem Missfallen, ihr seltsames Tun in einer völlig unverfälschten Weise beurteilen konnte. Sekundenbruchteile später hatte sie den ekelerregenden Fleischklumpen von ihren

Brüsten gerissen und ihn ins Waschbecken gestoßen. Danach kamen diese höllischen Schmerzen von den tiefen Wunden, die das Ding bei seiner ungestümen Nahrungsaufnahme in ihrem empfindsamen Gewebe hinterlassen hatte. Der mittlerweile fußballgroße Fleischklumpen lag nun im Waschbecken, wo er immer hektischer zu pulsieren begann. Petra wurde schwarz vor Augen, doch sie konnte sich trotz ihrer schlimmen Schmerzen in den Brüsten vor einer drohenden Ohnmacht retten, indem sie sich kraftlos auf die Toilette setzte. Von dort aus konnte sie voller Erstaunen beobachten, wie ein schwarzer Schatten, bei genauerem Hinsehen der Umriss eines hageren Mannes, bekleidet mit Lodenmantel und Filzhut, den Fleischklumpen aus dem Waschbecken riss und anschließend das Haus verließ. So zumindest lautete Petras fantasiehafte Annahme, denn tatsächlich hatte der wiedererweckte Totengräber kaum den Flur betreten, als es an der Haustüre der Familie Fietich, wohnhaft in der Hüxtertoralle, in der man wenige Wochen zuvor bei Bauarbeiten die Überreste eines riesigen Friedhofs entdeckt hatte, laut klopfte.

Ohne menschliches Zutun sprang die Haustür auf. Draußen stand ein noch viel hagerer Mann, ebenfalls mit einem langen Lodenmantel und einem spitz zulaufenden Filzhut bekleidet. Die Antagonisten blickten sich nach vielen Jahrhunderten wieder tief in die Augen.

Frank Spatzier, Jahrgang 1969, wuchs im Main-Taunus-Kreis am Rande der hessischen Ebbelwoi-Metropole Frankfurt auf. Er lebt seit über zwanzig Jahren gemeinsam mit seiner Ehefrau in der geschichtsträchtigen Hansestadt Lübeck.

Frank Spazier ist gelernter Verlagskaufmann und Erzieher, er hat ein Studium der Politikwissenschaft (Frankfurt und Hamburg) abgeschlossen und arbeitet an einem Abschluss als Heilpraktiker der Psychotherapie. Darüber hinaus komponiert er als Gitarrist eigene Songs (Folk, Alternative), ist leidenschaftlicher Hobbygärtner, Radfahrer, streitbarer Politblogger und kocht sehr gerne.

Er schreibt seit seiner Kindheit skurrile bis verstörende Geschichten, die gerne auch mal grenzüberschreitend sind. Bei BoD ist unter seinem Pseudonym **Paul Peichel** der Roman **Kotpilot** erschienen.

Frank Spatzier

www.frank-spatzier.de (Autorenwebsite)

www.fs-news.de (Politblog)

www.kotpilot.de (Roman von Paul Peichel)